Rendez-vous avec Monsieur X

Marie-Aude Murail

Rendez-vous avec Monsieur X

Médium
11, rue de Sèvres, Paris 6e

Du même auteur,

dans la collection *Médium* à *l'école des loisirs*
Ma vie a changé

Dans la série des *Émilien* :
Baby-sitter blues
Le trésor de mon père
Le clocher d'Abgall
Au bonheur des larmes
Un séducteur-né
Sans sucre, merci
Nos amours ne vont pas si mal

Dans la série des *Nils Hazard* :
Dinky rouge-sang
L'assassin est au collège
La dame qui tue
Tête à rap
Scénario catastrophe
Qui veut la peau de Maori Cannell?

Loi n° 49.956 du 16 juillet 1949 sur les publications destinées à la jeunesse : mars 1998
Dépôt légal : juin 2002
Imprimé en France par Bussière Camedan Imprimeries à Saint-Amand-Montrond
N° d'édit. : 4220. N° d'impr. : 022677/1.

Pour Pauline et Aurélie,
étudiantes chez M. Nils Hazard.

1
Au fou !

On dit toujours : « Rien ne serait arrivé si... » Si je n'avais pas été en retard ce matin-là. Si je n'avais pas décacheté maladroitement cette enveloppe. Si j'avais été attentif à ce que je faisais... Mais voilà, j'étais en retard ce matin-là, et j'avais la tête ailleurs. Je lus donc distraitement le contenu de la lettre qui m'était adressée :

« Monsieur,

Suite au décès de votre fille A, nous vous informons que A' est à votre disposition aux laboratoires Vorillon.

M. X. »

Une sensation d'étrangeté m'envahit, et lentement je fis des yeux le tour de la pièce où je me trouvais : mes fichiers métalliques, mes dossiers cartonnés, les copies de mes élèves mêlées au courrier du jour, mon chien Tod sur le tapis, agité par les soubresauts de sa rêverie. J'étais moi, Nils Hazard, trente-huit ans, professeur à la Sorbonne, spécialisé en étruscologie, et nous étions le 2 mai 1997. Ces choses étant acquises, je relus la lettre :

« Bordeaux, 30 avril 1997

Monsieur,

Suite au décès de votre fille A… »

– Quelle fille ? murmurai-je.

J'allais être père. À ma connaissance, je ne l'avais pas déjà été.

« … nous vous informons que A' est à votre disposition aux laboratoires Vorillon. »

– Cela n'a aucun sens, murmurai-je encore.

Était-ce une manœuvre publicitaire ? Allais-je apprendre en téléphonant aux laboratoires Vorillon que j'étais l'heureux gagnant d'un service à escargots, à condition d'acheter une cuisine tout équipée? Le jingle familier de ma radio m'avertit qu'il était neuf heures et que je serais décidément très en retard pour mon premier cours.

«Neuf heures! claironna la voix de la présentatrice. Les informations avec Gilles Durand!»

Sans plus réfléchir, j'enfouis tout le courrier dans mon cartable, pêle-mêle avec mes copies corrigées.

«On attendait sa décision. C'est fait! rugit Durand. Le président Jacques Chirac veut interdire le clo...»

Cloc. J'éteignis ma radio et attrapai le Walkman que mon filleul venait de m'offrir. Un Walkman ridiculement jaune citron «pour pas que tu le perdes dans ton bordel», m'avait précisé Axel. Je déroulai le fil des écouteurs. Emberlificoté, naturellement. Ces choses-là ne peuvent pas s'empêcher de faire des nœuds et plus je tirais sur un des petits écouteurs, plus les nœuds se resserraient.

– Bon, dis-je en posant les oreillettes sur mon bureau. Ça, ça va de ce côté et ça...

La vue de mon coupe-papier me donna envie de trancher comme Alexandre le Grand. Cet heureux homme n'avait sûrement pas de filleul.

– Là, triomphai-je, ayant enfin terrassé les deux écouteurs.

Il y a des moments de joie pure dans l'existence. Mais il me restait à brancher les écouteurs sur l'appareil. Je l'examinai dessus, dessous, sur la tranche, à vol d'oiseau. Aucun orifice. *Mega bass. Batt. Autoreverse.* J'avais entre les mains le Walkman le plus performant qu'un Japonais ait jamais mis au point et j'étais l'Occidental le plus misérable que la Terre ait jamais porté.

– Mais enfin, ça doit bien se brancher quelque part ces putains de bordel d'écouteurs de merde !

La technologie moderne finirait par me rendre grossier. Puis le téléphone se mit de la partie. Du regard, je cherchai mon répondeur et me souvins dans le même temps que Catherine me l'avait fait troquer contre un système incorporé à un ordinateur dernier cri avec fax et modem. Coréen, l'ordinateur. Franchement, si M. Chirac veut interdire quelque chose, que ce soit les importations asiatiques, avant que je devienne fou. Je prenais mentalement mes dernières dispositions pour aller élever des autruches dans le Lubéron quand je découvris, sous un cache très discret, l'endroit où brancher ces sacrés bon Dieu de putain de bordel de merde d'écouteurs de merde. À la con.

– On se calme, dis-je, en prenant une lente inspiration.

La cassette de Tête à Rap était déjà glissée dans le Walkman, touchante attention de mon filleul qui est le chanteur du groupe. Alors, PLAY.

– Mais c'est fou, ce truc!

La musique s'était aplatie sur mon crâne,

comme une déferlante. Je me raccrochai au fauteuil.

« Lâche l'areuf, c'est ma meuf, toi pas toucher la femme que j'ai. T'mates les mafats, mais bas les pattes, j'te préviens, elle et moi, c'est les deux doigts de la main et demain, c'est elle et moi. Point. »*

La voix de Tête à Rap fait du ping-pong entre mes oreilles. Les basses me bombardent les arcades sourcilières.

« On t'a pas dit quand t'étais p'tit : on peut zieuter, mais pas toucher ? Alors... lâche l'areuf, c'est ma meuf. »

Je sortis dans la rue, un peu hésitant, le Walkman jaune citron passé à la ceinture. Casqué de musique. Une migraine de musique sous la boîte crânienne. Ça fait mal, ce machin, mais c'est bon.

Le vendredi matin, je retrouve à la Sorbonne un groupe d'étudiants assez affectueux, mais peu disciplinés. De toute façon, mes élèves, ou je les terrorise, ou ils me tapent sur l'épaule

* *Lâcher l'areuf* : laisser tomber l'affaire.

en m'appelant « chef » (comme Claude Destre). Quand j'arrive en retard, mes élèves sont déjà dans la salle de cours. Tout prof normalement constitué, c'est-à-dire paranoïaque, sait que dans ces cas-là ses élèves sont en train de dire du mal de lui.

– Moi, dans cinq minutes, je me casse, déclara Claude Destre de son ton de faux dur. Ce mec, depuis qu'il pose à poil pour Karl Laterfield, il se la joue star*.

– Mais arrête, répliqua la voix cassée de fumeuse de Sophie Tardieu. Il est toujours en retard. C'est pas nouveau.

– Mais pourquoi, nous, il nous fait chier quand on arrive cinq minutes après lui ? râla encore Claude.

Il m'aperçut alors sur le pas de la porte et acheva, sans se démonter :

– Tiens, v'là la vedette.

Nous nous dévisageâmes assez longuement,

* Nils a accepté de poser, torse nu, pour une publicité d'eau de toilette (dans *Qui veut la peau de Maori Cannell ?*).

lui et moi, car nous jouons à ce jeu de cons qui consiste à essayer de faire baisser les yeux de l'autre. Match nul, une fois de plus.

– J'ai des devoirs à vous rendre, dis-je, en posant ma sacoche sur le bureau.

C'est le seul moment dans ma vie où j'éprouve un sentiment de puissance.

– Je commence par les copies les plus nulles ou par les moins mauvaises? demandai-je en appuyant mon regard sur celui de ma forte en thème, Pauline Moncel.

Mes étudiantes en première année deviennent vertes ou tomate quand je les cuisine de cette façon. Malheureusement, Pauline est en licence et me pratique depuis deux ans. Elle se contenta de lever les yeux au ciel. Je sortis les copies.

– Mais t'as vu dans quel état elles sont? lança Claude Destre à la cantonade.

Je restai moi-même un peu décontenancé devant le tas de papiers froissés et entrelardés de réclames publicitaires que j'avais extirpé de mon cartable.

– Personne ne s'appelle Intermarché ? demandai-je. Ça doit être dans un autre groupe.

– Il est fou, dit Claude entre haut et bas.

– Ah, justement, j'ai votre copie, répliquai-je en pêchant le devoir de Claude entre le pouce et l'index.

Il avait 9. J'avais dû le corriger dans un de mes jours de bonté. Je retournai la copie sur le bureau de Destre.

– En fait, vous avez 6.

Claude secoua la tête en faisant claquer la langue contre ses dents :

– Ttt, ttt. En fait, j'ai...

Il ajouta un 1 devant le 6. Je considérai le 16 d'un air critique, puis je transformai le 6 en 0.

– C'est 10. Et on arrête là, monsieur Destre.

Claude acquiesça d'un clin d'œil, pas mécontent de m'avoir gratté un point.

– N'importe quoi, murmura Pauline, avec un soupir de découragement.

Je fis face à mon unique excellente élève.

– Mais pas du tout. Je dédramatise la notation. D'ailleurs, tranquillisez-vous. Vous avez la seule note au-dessus de la moyenne.

Elle me fit un sourire mi-satisfait, mi-crispé.

– Et puisque c'est aujourd'hui la Saint-Hazard, ajoutai-je en regardant tous mes élèves, je vous propose de rajouter un 1 devant toutes les notes. Stéphanie : 16. Sébastien : 15. Sophie : 17...

Le premier moment de stupeur passé, mes étudiants riaient aux éclats en attrapant leur copie. Je conclus :

– Et Pauline : 115. Vous avez fait très fort, mademoiselle.

Comme d'habitude, je tapai deux, trois fois dans mes mains pour signaler que j'arrêtais de délirer. En cours de licence, je suis particulièrement innovant, du point de vue pédagogique : je parle à 110 km/h et mes élèves écrivent en poussant de lamentables « pas si viiite », à tour de rôle. De temps en temps, il y en a un qui rejette son stylo sur la table et se masse le poignet. Claude Destre crie « au fou, au fou ! » à intervalles réguliers, ce qui me stimule quand je commence à faiblir.

– À ce rythme, on aura fini l'année en avril, remarqua Pauline.

– Mars, rectifiai-je. Au printemps, je ne travaille pas. C'est la saison des amours.

Mes étudiants faisaient cercle autour de moi, Sébastien appuyé sur Stéphanie, Sophie serrant son classeur contre sa maigre poitrine, Claude en équilibre sur le dossier de sa chaise, Pauline me demandant des précisions pour son prochain exposé. Aucun ne semblait pressé de partir bien que l'heure du déjeuner approchât. Les liens qui m'unissent à mes élèves ressemblent aux fils de mon Walkman. Plutôt emberlificotés. Mélange de taquinerie perverse et de séduction à double tranchant. L'idée me vint, tandis que je faisais semblant d'écouter Pauline, que peut-être un de ces jeunes avait cherché à se venger de moi en m'envoyant cette lettre glauque : *« Suite au décès de votre fille… »* Idée très désagréable.

– Qu'est-ce que vous en pensez? me demanda Pauline, les sourcils doctement froncés, prête à prendre mes conseils en note.

– Je pense que vous avez eu raison de vous éclaircir les cheveux, répliquai-je. C'est plus gai.

Claude, qui s'intéresse assez activement à Pauline, partit d'un petit rire nerveux. Surprise en flagrant délit de coquetterie, Pauline rougit et me lança un regard pas particulièrement aimable. J'enfonçai mon index dans son épaule :

– Je pense que vous êtes un type bien, Pauline, et que je suis un imbécile.

Je m'étirai.

– Mes enfants, je vous aime. Mais j'ai faim.

En outre, j'avais rendez-vous avec mon filleul, à la Brasserie du Luxembourg.

– Te presse pas surtout! me lança Axel du fond de la salle. J'ai que ça à faire de t'attendre.

Je me glissai sur la banquette en face de lui.

– Veux-tu me dire pourquoi je pensais à

Jacques Chirac en poussant la porte de la brasserie ? questionnai-je mon filleul.

– T'sais, moi, la politique... Alors, ce Walkman, hombre, tu le kiffes ?

– Oui, je le k... apprécie, l'assurai-je. Tu as commandé ?

– Les mêmes saloperies que d'hab. Et leur bière pression pourrave mortelle.

J'aime assez me mortifier en venant manger des cornichons aigres dans cette brasserie pour étudiantes défraîchies.

– C'est what, the problème ? me demanda Axel, après m'avoir observé quelques secondes.

Je fis la grimace.

– Toujours le même.

Nous avions déjà eu une conversation, lui et moi, et Axel savait à quel point je refusais d'être père.

– C'est dans un mois ? murmura-t-il.

J'acquiesçai.

– C'est pas la cata quand même, protesta mon filleul. C'est mignon, un chiard...

– Mais je n'en veux pas. Et...

Je cherchai un quelconque argument avant de conclure :

– Je n'en veux pas.

– Qu'est-ce qu'elle dit, ta meuf?

– Catherine? Que je suis immature. Tu vois, elle a vingt-cinq ans, j'en ai trente-huit, mais c'est moi, le gamin!

– Im-pen-sa-ble, fit Axel avec l'air de justement le penser.

– D'abord, elle ne m'a pas demandé si je voulais être père, grognai-je. Elle m'a fait un bébé. Et ça, je n'ai pas digéré.

– Ça non plus, tu vas pas digérer, plaisanta Axel, en me montrant mon assiette.

Nous mangeâmes en silence, la mastication de vache folle nécessitant un investissement complet.

– Tu vas le reconnaître quand même? me relança Axel, avec cet air de vertu qu'aiment bien prendre les jeunes.

– Hmm?

– Ton gosse ? Tu ne vas pas l'abandonner ?

– Sais pas.

– Tu serais salaud, Nils.

Je regardai pensivement mon assiette.

– Tu crois vraiment qu'ils font la mayonnaise avec du pipi de chat ?

Je levai le bras en ajoutant :

– Je vais quand même demander au serveur.

Axel happa brutalement ma main :

– Catherine a raison : t'es immature !

– Et toi, tu n'as pas l'âge de me faire la leçon.

Nous étions main dans la main, face à face, comme pour une partie de bras de fer. Axel en eut l'idée en même temps que moi.

– Le coude sur la table, me souffla-t-il.

De toutes mes forces, j'appuyai sur la paume de mon filleul, lui retournant le poignet. Mais il se ressaisit et, la mâchoire crispée, le sang au visage, il rétablit progressivement la situation. Mon bras commençait à pencher vers la table, côté mayonnaise. Je connaissais Axel. Il était capable de mettre la manche de mon veston dans la sauce. Soufflant et geignant, je parvins à redresser mon bras à la verticale.

– Tu vas te faire un infarctus, papa, murmura Axel, les yeux exorbités par l'effort.

– Je t'emmerde, haletai-je.

Mes doigts craquaient, ma nuque n'était plus qu'une colonne de feu, j'allais exploser de partout.

– Un dessert, messieurs ? fit la voix neutre du serveur.

Une seconde d'inattention. Laf! Le poignet dans la mayonnaise. Axel poussa le rugissement de la victoire. Et cent balles pour ma teinturière.

« Lâche l'areuf, c'est ma meuf. Toi pas toucher la femme que j'ai... » Je sens que je vais devenir un accro du Walkman. Je me balancerai dessus « La Chevauchée des Walkyries ». Ça me fera un trou dans la tête. Une trépanation de musique. *« Suite*

au décès de votre fille A... » Il y a des parasites sur ma bande-son. Pourquoi est-ce que je repense à cette saleté de lettre ? Non, ce n'est pas Axel qui me l'a envoyée. Ni un de mes étudiants. Ni Jacques Chirac. Pourquoi je pense à Chirac ?

Je marche le long de la rue de Charonne et les basses jouent au flipper contre mes arcades sourcilières. Ting. Cling. Perdu. J'ai perdu. Axel est le plus fort. Tu deviens vieux, mon vieux. Et père de famille.

*
* *

Quand Catherine est dans mon bureau, elle bouffe tout mon espace vital.

– Asseyez-vous, dis-je, en essayant d'avoir l'air prévenant.

– Je suis bien comme ça, me répliqua-t-elle, appuyée sur mon bureau 1900.

Je jetai un coup d'œil inquiet sur les pieds de ma table. Ils ne sont pas prévus pour un tel poids.

– Si c'est un fils, me dit-elle, j'ai envie de l'appeler Dorian. Vous aimez ?

– C'est sûr que je préférerais ne pas naître que de m'appeler comme ça.

Comme Cathy allait se jeter sur moi pour m'arracher les yeux, j'ajoutai hâtivement :

– Oh, à propos de fils, j'ai reçu une lettre au sujet de ma fille…

Je la retrouvai, pliée en accordéon, au fond de mon cartable. Catherine marmonna :

– *« Suite au décès de votre fille A… »*

Elle resta un moment, comme moi-même, interloquée.

– Si c'est une blague, ce n'est pas de très bon goût, conclut-elle.

Elle avait l'air contrarié. Elle ne supposait quand même pas que j'avais une fille cachée !

– Laboratoires Vorillon, fit-elle, rêveuse.

Brusquement, elle quitta mon bureau pour aller s'asseoir devant l'ordinateur.

– On va vérifier sur le Minitel si les laboratoires Vorillon à Bordeaux, ça existe !

– Tiens, vous pouvez encore atteindre le clavier, remarquai-je.

– Je me suis acheté des rallonges de bras, me répondit Cathy.

Elle se tourna vers moi et hurla tout à coup :

– Quand vous aurez fini de me faire passer pour un tonneau ! J'ai pris que 8 kilos. 8 kilos en 8 mois ! C'est normal. C'est vous qui ne l'êtes pas !

– Oui, oui, bredouillai-je. C'est très bien, Cathy.

Elle s'était relevée, mettant son ventre entre elle et moi.

– Vous ne m'aimez plus ?

Ses yeux s'étaient emplis de larmes. J'ai horreur de ce genre de scène – même au cinéma.

– Mais je vous adore, dis-je désespérément.

– Ça fait deux mois que vous ne me touchez plus. Je suis affreuse, c'est ça ?

– Mais pas du tout. C'est juste que vous êtes difforme. Je veux dire : grosse. Enfin, enceinte. Catherine ! hurlai-je, est-ce qu'on peut parler d'autre chose ?

Elle était en train d'essuyer deux larmes du

bout des doigts, avec la concentration très digne de la dame qui ne veut pas étaler son Rimmel.

– Je crois que j'ai un problème avec la paternité, avouai-je à mi-voix.

– Je crois que j'avais remarqué.

Je cherchai un mot un peu gentil à ajouter, mais il a dû manquer quelque chose à mon éducation. Je soupirai.

– On se passera de vous, laissa tomber Catherine.

– «On», c'est vous et l'autre squatter? m'informai-je, en désignant le ventre.

– Nous trouverons preneur, Dorian et moi, me menaça Cathy.

J'émis un grognement qui n'était pas tout à fait un consentement. Puis je me penchai vers l'écran de l'ordinateur.

– Vous me montrez comment marche le Minitel? demandai-je, à bout de ressource.

– Je vous l'ai déjà expliqué trois fois. Vous n'écoutez rien.

J'étendis le bras et posai la main sur l'épaule de Catherine, puis, toujours le bras tendu, j'effleurai sa joue, ses lèvres.

– Je vous demande pardon, murmurai-je, presque inaudible.

Elle se rapprocha de moi... autant qu'elle le pouvait et renversa la tête pour que je l'embrasse.

– Vous devriez aussi vous acheter une rallonge de cou, remarquai-je.

Je l'embrassai.

– Alors, Vorillon, laboratoires Vorillon. Vous voyez, ça existe, me dit Catherine.

L'écran de l'ordinateur affichait: «Laboratoires FIV Vorillon, 1, rue Rosa-Bonheur.»

– Pourquoi «FIV»? relevai-je.

– Fécondation *in vitro.*

C'était donc un laboratoire très spécialisé qui venait en aide aux couples stériles. Ce que nous n'étions pas vraiment, Catherine et moi.

– Vorillon! s'exclama Catherine. Le Pr Vorillon! Mais si!

Elle me regardait comme si tout allait devenir clair dans mon esprit.

– Mais si ! répéta-t-elle. On en a parlé dans la presse.

Le seul journal auquel je suis abonné étant la revue *Archeologia*, je suis surtout au courant de ce qui se passait chez les Égyptiens. Catherine prit le ton patient qui convient pour s'adresser aux immatures :

– Le Pr Vorillon est un grand spécialiste des fécondations bizarres. Il a fait avoir un bébé noir à un couple de Blancs et aussi il a fait porter le bébé d'une jeune femme par sa mère.

– Pardon ?

Catherine s'impatientait déjà :

– Vous n'êtes au courant de rien ! Enfin, vous savez ce que c'est : les bébés-éprouvette, les banques de sperme, les mères porteuses ?

Toutankhamon n'ayant jamais eu recours à ces pratiques, je secouai la tête, navré.

– Vous le faites exprès, reprit Cathy.

Elle m'apprit donc que le Pr Vorillon avait

fait scandale en inséminant avec le sperme d'un donneur de race noire une jeune femme blanche qui ne pouvait pas avoir d'enfants avec son mari, blanc également. D'où le résultat d'un bébé noir « né » d'un couple blanc*.

– Et il y a eu aussi le cas d'une jeune femme australienne qui n'avait pas d'utérus, donc qui ne pouvait pas porter d'enfants. Le Pr Vorillon lui a prélevé des ovules, puis il a... Enfin, c'est le mari qui a... Enfin, vous comprenez ?

J'écarquillai les yeux, comme un enfant à qui son père a promis de révéler d'où viennent les bébés.

– Vous êtes idiot, ragea Catherine. Le mari a donné son sperme et le Pr Vorillon a mélangé tout ça dans sa petite éprouvette, les ovules, les spermatos. Il a fabriqué des embryons et il les a placés dans l'utérus de la mère de cette jeune femme australienne.

* Dans le cas où l'homme est stérile, on peut féconder la femme en lui injectant le sperme d'un homme qui reste anonyme et qu'on appelle le « donneur ». Le mari n'est donc pas réellement le père.

Catherine me fit un grand sourire pour m'annoncer l'heureux dénouement :

– Et c'est la mère qui a porté le bébé de la fille. Ingénieux, hein ?

– Mais c'est monstrueux !

– Oh, vous, vous êtes d'un autre siècle, décréta ma petite amie.

Je regardai l'écran scintillant, la mine boudeuse. Et pourquoi ce laboratoire obscène m'envoyait-il une lettre ?

– Ne prenez pas cet air vexé, Nils. Je vous jure que, pour Dorian, vos vaillants spermatos ont fait le boulot tout seuls.

Je ris malgré moi.

J'aime assez me faire chambrer par Catherine.

– Vous êtes sûre que c'est un garçon ? demandai-je.

La question me tourmentait depuis un bon quart d'heure.

– Je ne sais pas, me répondit Catherine, je ne veux pas savoir. Une grossesse, c'est comme un roman policier. On ne doit connaître le nom du coupable qu'à la fin.

– Et si c'est UNE coupable ? me décidai-je. Je peux choisir le prénom ?

Catherine plissa le nez, méfiante :

– Néfertiti ?

Cinq minutes après le départ de Catherine, j'ai encore tendance à m'effacer pour ne pas les cogner, elle et son ventre. Puis je commence à me détendre et je reparle à mon chien.

– Ce n'est plus possible, Tod ! dis-je à mon fox vautré sur le tapis.

J'avais ouvert mon cartable. Depuis quelques jours, j'avais fait un incroyable carnage de copies corrigées ou à corriger. Tod souleva une paupière par politesse, fit claquer sa mâchoire en bâillant et se rendormit.

– Non, ce n'est plus possible, pestai-je contre moi. J'ai tout mélangé. Ça, c'est le groupe de mardi. Ça, c'est… pff, je ne sais même plus.

Je regardai le nom de l'étudiante sur la copie. *Aurélie Passerin.* Une 1re année, plutôt mignonne. En retournant la copie, j'eus la surprise d'y voir une enveloppe collée. Elle était décachetée et vide. Je me souvins que, le vendredi matin, j'avais hâtivement ouvert cette enveloppe, croyant qu'elle faisait partie du courrier du jour. Je détachai l'enveloppe de la feuille à laquelle je ne sais quelle saleté collante l'avait fait adhérer. Je compris alors pourquoi la lettre des laboratoires Vorillon était arrivée sur mon bureau. En réalité, elle ne m'était pas destinée.

M. PATRICE PASSERIN
12, rue Denis-Poisson
75017 PARIS

L'adresse était dactylographiée sur l'enveloppe. Je relus une dernière fois le contenu de la lettre : *« Suite au décès de votre fille A, nous vous informons que A' est à votre disposition aux laboratoires Vorillon. »* Ces mots signés « M.X » n'avaient aucun sens pour moi. Mais ils en avaient un pour quelqu'un.

– Quel sens ? dis-je à mon chien.

Il me suffisait de le demander à Aurélie Passerin. Si j'avais su, j'aurais fait marche arrière, à ce moment-là. Seulement voilà, on n'imagine pas l'inimaginable.

2

Aïe, aïe, aïe !

Le mercredi, j'ai civilisation étrusque. La semaine précédente, j'avais fait plancher mes étudiants sur un sujet qui demande plusieurs années de réflexion. Au bout de deux heures, je leur avais arraché les copies des mains.

– Mais attendez, j'ai pas fini ma phrase, m'avait supplié Aurélie.

Elle avait dû poser sa copie double sur des papiers personnels pour écrire plus confortablement. Parmi ces papiers, il y avait la lettre des laboratoires Vorillon, une lettre qu'elle n'avait pas ouverte puisqu'elle était destinée à son père.

Comment la lui rendre, maintenant que j'en connaissais le contenu ?

– Mademoiselle Passerin ?

– Oui, monsieur ?

Sa voix avait tremblé d'émotion. Mais ça, c'est normal en 1re année.

– J'aurai quelque chose à vous demander, à la fin du cours.

Au même instant, je notai qu'elle avait un petit grain de beauté, au coin de la bouche. Typiquement le genre de chose qui me perturbe, d'autant plus que je m'efforce de ne pas y penser. À la fin de la deuxième heure, je me calai au fond de mon fauteuil en bois et regardai s'approcher la demoiselle. Des yeux gris. Non, verts.

– Comment s'appelle votre papa ? demandai-je, comme si j'avais affaire à une petite fille.

– Mon pa… père ? Patrice Passerin.

– Ah oui ?

Je souris. Elle n'y comprend rien. Ça doit être drôle de l'embrasser juste au coin des lèvres.

– Et quand votre papa reçoit du courrier, poursuivis-je, qu'est-ce que vous en faites?

Un tressaillement aussitôt réprimé. Tiens, elle est sur ses gardes.

– Ce que j'en fais? répéta-t-elle pour gagner du temps.

– Oui.

– Mais... je sais pas.

– Votre papa n'attendait pas une lettre, ces jours-ci?

Au hasard. Et je regarde l'effet produit.

– Une lettre? répète encore Aurélie.

Je murmure:

– Des laboratoires Vorillon.

– Ah, c'est vous qui l'avez? s'écria Aurélie. Je l'ai cherchée partout pour la donner à mon père.

Il y avait une nuance de reproche dans sa voix.

– Mais pourquoi vous me l'avez prise?

Je restai une seconde béant d'étonnement, puis j'explosai:

– Qu'est-ce que vous insinuez? Je n'ai rien

pris. C'était collé à votre copie. Je l'ai retrouvée dans ma sacoche et...

Aurélie est suspendue à ce que je vais dire, les yeux sur mes lèvres.

– Et je l'ai ouverte, dis-je pour faire le malin.

– Vous l'avez ouverte, répéta-t-elle, consternée.

– Je me suis demandé ce que ça voulait dire. Vous en avez une idée?

Elle choisit l'affrontement:

– Mais moi, je ne l'ai pas lue, monsieur Hazard.

– Je l'ai sur moi. Je vais vous montrer.

Je la sortis de mon cartable et la posai sur le bureau. Aurélie se pencha pour lire et ses cheveux balayèrent ma joue, son souffle mêlé au mien. Je ne vis donc pas venir ce qui se produisit, la seconde d'après. Aurélie prit la lettre à pleine main et courut vers la porte. Je sautai sur mes pieds, renversant mon fauteuil, et je bondis derrière mon élève.

– Mademoiselle ! Revenez immédiatement ou...

Inutile de s'égosiller. Elle filait, légère comme le cabri, sautant les marches trois par trois. J'en fis autant. Au bas de l'escalier, je faillis percuter mon collègue, M. Rapon, un charmant vieux monsieur qui m'aime bien, mais que j'effare complètement.

– Ah, cher ami, vous m'avez fait peur, dit-il avec son petit rire maniéré.

Je lui jetai un regard de dément et hurlai à des étudiants qui bavardaient dans le couloir :

– Mais arrêtez-la, nom de Dieu !

Si elle sortait de la Sorbonne, elle m'échapperait dans la foule du boul' Mich'. Au bout du couloir, il me sembla distinguer la silhouette nonchalante de Claude Destre. Je m'époumonai :

– Claude ! Claude ! Arrêtez cette fille !

Miracle. Il m'obéit. C'était bien la dernière chose que j'attendais de lui. Il barra le passage à Aurélie, ce qui me permit de la rattraper.

Dans sa panique, elle avait gardé la feuille froissée dans son poing. Je posai la main sur son bras.

– Maintenant, vous me rendez ça.

– Monsieur…

Elle avait des larmes dans ses yeux verts. Gris-vert. Nouvelle distraction de ma part. Elle en profita pour déchirer la lettre en deux.

– Claude ! criai-je à nouveau. Empêchez-la de…

À nous deux, nous la maîtrisâmes et lui arrachâmes chacun une moitié de la feuille.

– Eh dites ! s'étonna Claude. Elle était vraiment mécontente de sa copie ?

Sans lui répondre, j'attrapai Aurélie par le coude et l'entraînai vers mon bureau, au rez-de-chaussée de la Sorbonne. Je refermai la porte derrière nous et m'y appuyai, en expirant bruyamment :

– Sportif, remarquai-je en souriant. Alors ? Vous m'expliquez ?

D'un rapide regard circulaire, Aurélie avait

inspecté mon bureau. Il n'y avait qu'une issue et je la barrais.

– Ce n'est pas compliqué, me répondit-elle. Le problème, c'est que ça ne vous regarde pas.

– C'est à moi d'en juger, répliquai-je, en tentant de reprendre sur elle l'ascendant du prof.

Elle fit semblant d'hésiter puis de se décider :

– C'est une histoire de famille, monsieur Hazard. Ça remonte à... avant ma naissance. Ma mère a eu un bébé mort-né, puis elle a eu du mal pour m'avoir.

– Mais ça valait la peine...

Je pouvais raconter tout ce que je voulais pour détendre l'atmosphère. Aurélie avait le visage fermé et contrôlait chaque mot qu'elle disait.

– Après ma naissance, ma mère a voulu un deuxième enfant. Ça n'a jamais marché. Elle a vu plein de spécialistes, elle est allée dans tous les centres de PMA*. Ça n'a servi à rien. Elle

* Procréation médicalement assistée : toutes les techniques proposées pour remédier à la stérilité des couples.

avait perdu tout espoir, elle avait abandonné. Puis…

Un silence. D'un dernier regard, Aurélie chercha une issue de secours.

– Puis ? murmurai-je.

– Mes parents ont entendu parler de… du…

Sa voix se cassa :

– Du Pr Vorillon.

– Des laboratoires Vorillon, à Bordeaux, complétai-je.

– Oui. On nous a dit que c'était quelqu'un de formidable, que… qu'il réussissait des miracles. Mes parents y sont allés et ça a marché.

Elle se tut comme si elle venait de me donner le mot de la fin.

– Mais ça n'explique pas la lettre…

– Non, ça n'explique pas, marmonna-t-elle.

Elle avait l'air si malheureux que je faillis lui rendre sa liberté. Mais la curiosité est un vice chez moi. Aurélie reprit une inspiration et lâcha d'un seul trait:

– Mes parents ont eu une petite fille, Adrienne, mais elle est morte, il y a un mois, de la mort subite du nourrisson. Le Pr Vorillon avait gardé des embryons en réserve, des embryons congelés…

Je grimaçai. Drôle de cuisine.

– La lettre, c'est pour avertir mes parents qu'on peut faire une autre implantation avec les embryons qui restent.

L'accent de la vérité rend un son particulier. Aurélie mentait.

– Bien, dis-je en rouvrant la porte de mon bureau. Je vais scotcher les deux morceaux de la lettre. Attendez-moi.

Je m'éloignai d'un pas rapide jusqu'à la salle des photocopieurs. Je recollai la lettre puis je la photocopiai.

– Voilà, dis-je en tendant la photocopie à Aurélie.

Elle eut un véritable sursaut:

– Mais ce n'est pas l'original !

– C'est mieux, répondis-je. On ne voit pas que la lettre a été déchirée.

Le visage d'Aurélie se décomposa un peu plus.

– Mais qu'est-ce que je vais dire à papa ? fit-elle, soudain enfantine.

– La vérité. Ça vous changera.

Elle me jeta un bref regard d'effroi. Je ne compris pas, à ce moment-là, que si elle avait peur, c'était plutôt pour moi. Je lui montrai la porte. Passant devant moi presque chancelante, elle s'arrêta et posa la main à plat sur le revers de mon veston.

– S'il vous plaît, me supplia-t-elle, rendez-moi la lettre. Je vais la poster.

J'appuyai la tête contre le mur et restai sans réaction.

– S'il vous plaît...

En effet, ça me plaisait. Mais je fis tout de même non de la tête. Un éclair de colère traversa les yeux verts.

– Tant pis, décida-t-elle.

Tant pis pour moi. Mais aussi : tant pis pour Catherine et l'enfant qu'elle portait.

*
* *

Nous ne vivons pas ensemble, Cathy et moi. Au début de la grossesse, j'avais évoqué la possibilité d'un déménagement. Mais mon fox ayant un caractère de chien, je craignis qu'il ne fît pas bon ménage avec un bébé. Je ne reparlai plus de cohabitation. Et encore moins de mariage.

– Je me suis renseignée, me dit Catherine qui avait emprunté un livre en bibliothèque. C'est une pratique courante de congeler les embryons*. Vous comprenez : il faut faire une opération pour prélever les ovules. Donc, on en retire un maximum pour n'avoir pas à recommencer. Mais on

* On peut fabriquer des embryons en laboratoire, en faisant se rencontrer un ovule et un spermatozoïde. Un embryon humain de quelques jours peut se conserver congelé dans l'azote liquide pour être ensuite décongelé et placé dans l'utérus de la mère où il reprend son développement.

ne va pas coller dix embryons à la fois dans un utérus. Alors, on fait des stocks. Les FIV, ça ne marche pas à tous les coups. Si ça rate, on recommence avec des embryons décongelés.

– Super, grommelai-je, en jetant un œil sur le titre du livre : *Médecines du futur.*

– C'est le progrès, mon vieux. Merde, j'ai perdu une maille...

Je jetai un regard navré à mon amie. Elle tricote ! D'horribles petits machins roses et jaunes avec des rubans qui me donnent le frisson de la mort.

– *«A, A', M. X»*, citai-je. Vous croyez qu'on écrit des lettres pareilles si on a la conscience tranquille ?

Ma question tomba dans le vide. Je ne connais rien de plus horripilant que le cliquetis des aiguilles à tricoter.

– Vous disiez ? me demanda Cathy, en posant son tricot sur son ventre.

– Rien, boudai-je.

– C'est agréable : quand vous regardez mon

ventre de cette façon, je me fais l'effet d'une bombe à retardement.

Elle éleva son espèce de chausson-chaussette pour l'examiner à contre-jour et, histoire de m'accabler, elle s'informa :

– Vous aimez, vous, le bleu marine pour les bébés ?

Nous échangeâmes une grimace. Je me mis à fouiller dans un de mes fichiers, celui où je classe des renseignements sur mes étudiants, sans trop savoir d'ailleurs si c'est de la conscience professionnelle ou de la curiosité mal placée. Par exemple, je demande la profession des parents.

– Il me semble bien que..., marmonnai-je, en sortant la fiche de Pauline Moncel, ma brillante étudiante de troisième année.

Je lus. « *Profession du père :* cadre Télécom
Profession de la mère : gynécologue »

Malheureusement, je n'avais pas le numéro de téléphone du cabinet médical du Dr Moncel. Je toussotai.

– Heu, Catherine, vous me rappelez comment ça marche, le Minitel?

Elle me regarda presque gentiment:

– On se demande pourquoi on fait des bébés alors qu'il y a des types comme vous.

C'est EXACTEMENT ce que je pense.

Je me doutais un peu que je ne serais pas à l'aise dans la salle d'attente d'une gynécologue. J'avais pris rendez-vous à une heure où j'espérais n'avoir pas à affronter trop de regards. Une adolescente était enfouie dans un fauteuil en rotin, cachant sa bouche trop grande derrière ses mains. Je lui adressai un sourire d'encouragement. Dans deux ans, elle serait tout à fait jolie. Comme les sièges manquaient, je dus m'asseoir sur le canapé, à côté d'une dame qui devait attendre au moins des triplés. La porte de la consultation s'ouvrit et une énergique petite bonne femme lança:

– Monsieur Lebrun et... madame?

D'un bond, je m'écartai de ma voisine:

– Non, non, non, paniquai-je. Je suis tout seul.

Assez interloquée, le Dr Moncel me laissa entrer dans son cabinet.

– Vous savez que je suis gynécologue ? me demanda-t-elle. Gynécologue : médecin pour les femmes, quoi.

J'acquiesçai. Immature, d'accord. Abruti, non.

– Je suis journaliste, Dr Moncel. Je fais une enquête sur le parcours du combattant d'un couple stérile et je souhaite informer le public sur certaines dérives de laboratoires qui cherchent avant tout à faire de l'argent avec la fécondation *in vitro*...

J'avais bien préparé mon petit discours, notamment en lisant le livre rapporté par Catherine : *Médecines du futur*, et j'eus l'agréable surprise de voir le Dr Moncel m'approuver de petits hochements de tête. Oui, en effet, convint-elle, il y avait des gens peu scrupuleux dans la profession. Ils étaient rares, mais raison de plus pour les dénoncer. Une demi-heure plus tard, je quittai le Dr Moncel avec un dossier sous le bras aux noms de M. et Mme Lebrun. J'étais M. Lebrun. Restait à trouver Mme Lebrun, Catherine n'étant pas vraiment crédible dans le rôle de la femme stérile.

Donc, le vendredi suivant, j'interpellai Sophie Tardieu, à la fin du cours. C'est une jeune fille assez vilaine qui m'a toujours fait penser à une petite bête affamée et que j'ai surnommée…

– Belette ! Dites-moi…

Elle s'approcha, son classeur en bouclier contre sa poitrine.

– Vous connaissez Bordeaux ? demandai-je. Non ? Vous devriez…

« Je ne vais pas dans la bonne direction, pensai-je au même moment. Elle va me croire du syndicat d'initiative. »

– Vous savez comment on fait les enfants ? bifurquai-je.

C'était dans la direction voulue, mais ça partait d'un peu loin.

– Comment… quoi ? bredouilla Sophie.

D'un geste de la main, j'effaçai ce que je venais de dire.

– Non, ça ne fait rien. On va prendre un verre.

J'étais certain de trouver l'inspiration dans le café à la chicorée de ma brasserie favorite.

– J'adore les emmerdements : ça, vous le savez, dis-je à Sophie, en faisant fondre mon troisième sucre.

Elle eut un faible sourire de victime pas encore consentante.

– Vous savez aussi que je vous adore ? dis-je pour étoffer mon propos.

Elle regarda attentivement les moulures du plafond.

– Je vous ennuie ? J'ai seulement un service à vous demander. Pas grand-chose. Je me pose des questions sur un laboratoire qui pratique la fécondation *in vitro*. Je voudrais voir ce qu'on vend aux gens dans ce labo. J'ai rendez-vous avec un médecin de l'endroit, le Pr Vorillon.

Sophie Tardieu s'était mise à m'écouter avec des yeux traqués, essayant de deviner ce que je lui voulais.

– J'ai pris ce rendez-vous au nom de M. Lebrun, ajoutai-je. Mais dans une consultation de PMA, il est indiqué de venir en couple.

Sophie commença à secouer la tête, sans pouvoir décoincer un mot.

– Il me faut une Mme Lebrun.

Sophie secouait la tête de plus en plus frénétiquement.

– Juste pour vingt-quatre heures, la rassurai-je.

– Non et non, dit-elle sur un ton geignard.

– Bon. Mais je vous préviens, je suis fauché en ce moment. On voyagera en seconde classe.

*

* *

Un lundi, de bonne heure, M. et Mme Lebrun prirent le TGV pour Bordeaux.

– Vous avez un Walkman ? s'étonna Sophie en voyant mon petit boîtier jaune citron sur la tablette.

– Et j'écoute du rap ! déclarai-je avec tout l'enthousiasme que je peux feindre.

Je plaçai les écouteurs au creux des oreilles de Sophie et je lui balançai toute la sauce : *« Lâche l'areuf, c'est ma meuf. Toi pas toucher la femme que j'ai. »* Sophie arracha aussitôt les oreillettes.

– Vous êtes fou ! Vous allez devenir sourd avec ça !

– Vous confondez avec la masturbation, dis-je assez inconsidérément.

Le visage de ma compagne s'empourpra et, vaguement honteux, je détournai les yeux vers la vitre. J'y vis le reflet d'un type blond aux yeux bleus qui n'avait pas l'air surmené. Nils, qu'est-ce que tu fous là ? Catherine est enceinte de huit mois et toi...

– Psst...

Sophie me tendait son magazine *Jeune et Jolie.*

– C'est pour vous, me dit-elle. Un test.

Je baissai les yeux sur le journal.

« C'est votre homme pour la vie ! Mais au fait, pouvez-vous vraiment compter sur lui ? Pour le savoir, faites-lui passer le test. »

Suivait une batterie de propositions et de réponses précédées d'un triangle, d'un carré ou d'un losange. Je sortis un stylo de la poche de mon veston, tout en lisant la première proposition.

C'est le jour J. Vous devez être présenté aux parents de votre chère et tendre.

▲ *Vous achetez une cravate. Il s'agit de faire bonne impression sur vos futurs beaux-parents.*

■ *Pas le temps de passer chez le coiffeur. Après tout, il faut qu'on vous aime comme vous êtes.*

◆ *Vous êtes vraiment crevé, cette semaine. Et si on remettait ça à une autre fois ?*

– Je vois, marmonnai-je en entourant le losange.

Au bout du test, j'avais 12 losanges pour 16 propositions. Je rendis le magazine à ma voisine, avec une mine exagérément renfrognée.

Sophie lut :

« 10 losanges et plus : Aïe, aïe, aïe, il est charmant, mais jamais là où on l'attend. Il ne tient pas ses promesses, il fuit ses responsabilités. Comme ami, il est parfait (quoique toujours en retard). Comme amant, il déborde de fantaisie. Mais comme mari, il vous prépare des lendemains qui déchantent. Et comme papa, n'insistez pas ! »

J'entendis Sophie qui gloussait et je me retournai vers mon reflet. Nils, non seulement tu es immature, mais même à *Jeune et Jolie*, ils sont au courant.

Rue Rosa-Bonheur, les laboratoires Vorillon sont installés dans un immeuble blanc qui avance comme une proue de navire sur la rue Ernest-Renan. Des hublots grillagés éclairent les sous-sols et un interphone somme le visiteur : « Prière de vous annoncer après avoir sonné ».

– Prête, Belette ? demandai-je à Sophie qui avait plus que jamais l'air d'une petite bête traquée.

– Vous êtes cinglé, murmura-t-elle.

Je clignai de l'œil :

– 12 losanges.

Puis je mis des lunettes noires. Je ne suis pas précisément une « vedette », comme dirait Claude Destre. Mais je suis déjà passé à la télévision et mes yeux trop bleus sont la partie la plus identifiable de ma personne. J'appuyai sur la sonnerie et m'annonçai d'un tonitruant :

– Monsieur Lebrun et madame !

La grille d'entrée s'ouvrit mécaniquement et une voix grésilla dans l'interphone :

– La porte verte, à droite.

Nous traversâmes une cour où stationnaient de luxueuses voitures.

– La pompe à fric intégrale, me souffla Sophie, en découvrant la fastueuse salle d'attente.

Je m'assis et passai une demi-heure à feuilleter des magazines sans trouver le moindre test pour m'éclairer sur ma vie intérieure.

– Monsieur et madame Lebrun ? fit la voix zézayante d'une jolie fille.

Sa principale fonction était sans doute de donner des envies de faire des bébés. Sophie me jeta un dernier regard affolé que je fis semblant de ne pas intercepter.

– Par ici, s'il vous plaît, dit la jolie petite Bécassine. Le Pr Vorillon vous attend.

Ainsi donc, j'allais voir « M. X ». J'avais dans un coin de ma tête des images de savant fou, aux cheveux blancs hérissés, qui se frotte les mains toutes les deux pages en faisant « hé, hé, hé ». Je fus assez déçu.

– Monsieur Lebrun ? Chère madame, asseyez-vous, je vous en prie, fit une voix veloutée.

Pas besoin de faire passer un test au Pr Vorillon. J'avais en face de moi un solennel imbécile.

– Ma secrétaire m'a remis votre dossier, il y a un instant, reprit-il en laissant des petits temps de silence entre les mots, comme si tout ce qu'il disait devait produire un effet.

– Vous avez bien fait de venir me voir, nous assura-t-il. Votre cas n'est pas simple.

La gynécologue qui avait monté mon dossier m'avait dit: «C'est le cas de figure le plus simple. Stérilité féminine due à l'obturation des trompes. C'est une anomalie qui barre le passage aux spermatozoïdes et qui est opérable. Si Vorillon est honnête, il ne doit pas proposer de FIV.»

– Pour votre petit problème, chère madame, reprit le professeur avec un insupportable paternalisme, eh bien, il faudra préciser cette obturation des trompes en faisant une cœlioscopie sous anesthésie générale.

Sophie était tellement terrorisée qu'elle jouait à merveille le rôle de Mme Lebrun, hypnotisée par le grand spécialiste. Vorillon déplaça quelques papiers sur son bureau comme s'il cherchait un document important. Finalement, il ouvrit une boîte de cachous.

– Mal de gorge, s'excusa-t-il, en prenant un bonbon. Alors, tt, tt, nous disons... Vous êtes en ménage depuis? Tt, tt...

Il me regardait, tout en tétant son bonbon.

– Depuis trois ans, répondis-je.

– Et depuis combien de, tt, tt, temps désirez-vous un enfant ?

– Depuis trois ans, répondis-je encore, en songeant à la surprise de Catherine si elle m'entendait.

Le professeur me délaissa brusquement pour bombarder Sophie de questions gênantes : « Avez-vous déjà été enceinte ? Avez-vous des règles normales ? Pas de problèmes de santé ? » Je trouvais l'atmosphère de plus en plus lourde. Sophie répondait mécaniquement, des larmes au bord des cils. « Date des premières règles ? Et les dernières ? » L'autre imbécile continuait de tirer sur son bonbon, tt, tt, en faisant une croix dans une case, à chaque réponse.

– Bon, voilà, fit-il enfin, en remuant inutilement quelques papiers avec des petits gestes précieux. Alors, oui, voilà, tt, tt…

De la pochette de mon dossier, il sortit un dernier papier sur lequel la gynécologue ne m'avait pas donné d'explications.

– Votre spermogramme date de deux ans, me fit remarquer le Pr Vorillon.

Le Dr Moncel m'avait refilé les résultats d'un de ses clients. Je haussai les sourcils.

– Ah oui ?

– Oui. Il est… vingt-deux millions de spermatozoïdes… Il est…

Le professeur laissa passer un très long temps, les yeux sur le papier.

– Il était bon, rectifia-t-il. Mais il va falloir le refaire.

– Ah ? Et c'est quoi ? m'inquiétai-je.

– Mais toujours la même chose, me répliqua Vorillon. Un spermogramme.

Je fis un petit signe de connivence. Le temps tournait vraiment à l'orage.

– Ma secrétaire va vous accompagner à l'étage, reprit le professeur. Autant se débarrasser tout de suite de cet examen.

Il se leva et la Bécassine parut à l'instant même.

– Vous n'en aurez sans doute pas pour longtemps, me glissa Vorillon, le sourire ambigu. Mme Lebrun patientera en salle d'attente.

Si j'avais encore voulu entretenir quelque doute sur la nature de l'examen, là, ce n'était plus possible. Je montai à l'étage, escorté par Bécassine.

– Vous restez là, zézaya-t-elle, et puis je vais venir vous chercher dès qu'il y aura une cabine de libre.

Je lui fis un signe de tête faussement décontracté. Dès qu'elle eut tourné les talons, je me souvins de ma mission : explorer les lieux. Je m'éloignai par le couloir désert et je descendis au hasard un escalier. Je me retrouvai dans une espèce de sous-sol et poussai doucement une porte entrebâillée. Personne. Dans un demi-jour, j'aperçus de grosses bouteilles assez semblables à du Butagaz. Je m'approchai et lus l'étiquette collée sur l'une de ces cuves :

RESTRICTED USE !
LIVE
HUMAN
EMBRYOS !

Je retins mon souffle. Quoi? Là, à même le sol, il y avait des Paul et Virginie congelés, des Dorian en paillettes? Je ressortis de la pièce à pas de loup et remontai l'escalier. Des voix me parvinrent, toutes proches. Je me plaquai contre le mur.

– Ça a marché? demanda fébrilement une voix de femme.

Une autre femme à l'accent enjoué du Sud lui répondit:

– Que je vous détaille. Sur les six ovocytes, on a eu cinq embryons. On vous en remet trois. On en congèle un. Le dernier, on ne le garde pas.

– Seulement cinq embryons! protesta la voix inquiète de la cliente. Mais on m'avait prélevé vingt-quatre follicules.

– Eh oui, des follicules! répliqua joyeusement la voix du Sud. Mais ils n'avaient pas tous des ovocytes! Gabrielle, c'est quoi, ça: «Spermogramme Lebrun»?

Il s'agissait de moi. Je me fis encore plus petit contre le mur.

– C'est à faire, répondit doucement Gabrielle.

– Et l'autre, là, repartit la voix gaiement brutale, « Spermogramme Doucet », il a donné ou il dort ici ?

– Mais du calme, Mireille, protesta Gabrielle.

Mireille se mit à rire.

Je m'étais suffisamment approché pour voir sans être vu la jeune femme qui semblait si tourmentée. Elle écoutait les deux techniciennes du laboratoire parler entre elles et son visage était bouleversé de chagrin. Elle fit une dernière tentative pour qu'on s'intéressât à son sort :

– Mais alors, dit-elle, ovocyte et follicule, c'est pas pareil ?

– Eh non, fit Mireille sur le ton de quelqu'un qui s'en fout royalement.

J'entendis une porte claquer un peu plus loin dans le couloir. Il était temps que je retourne à l'endroit où Bécassine m'avait planté.

– Ah, ben, je vous cherchais, me dit-elle de son ton gnangnan en m'apercevant. Je crois que la 2 est libre. Vous me suivez ?

La « 2 » était tout simplement une cabine avec un lit et un lavabo.

– Alors, vous avez de l'Hexomédine pour vous laver les mains et le...

– Oui, oui, merci, l'interrompis-je.

– Alors, vous avez la petite coupe, là, qui est un peu comme une coupe de champagne. C'est pour mettre...

– D'accord, pas de problème.

– Je ne sais pas si ça vous va comme revues ? insista Bécassine de plus en plus gnangnan.

Il y avait toute une pile de magazines pornographiques sur une tablette.

– Vous savez, moi, je lis surtout *Jeune et Jolie*, dis-je sur le ton de la confidence.

Et je mis Bécassine à la porte. Trois minutes plus tard, je quittai la cabine n° 2. Vivent les hommes à 12 losanges !

*
* *

Dehors, la pluie commençait à tomber. Nous marchions côte à côte, Sophie et moi.

– Ça va, monsieur Lebrun ? me demanda-t-elle, les yeux pétillants de moquerie.

– Pas trop mal, madame Lebrun, répondis-je, en affectant de ne pas comprendre.

J'avais choisi un hôtel tranquille, rue Huguerie. Deux chambres.

– Bonne nuit, monsieur Lebrun, chuchota Sophie, sur le pas de sa porte.

J'hésitai un moment. L'embrasser ? Cela pouvait nous mener trop loin. Je regardai ma clef. Numéro 2. Bon, c'était un abonnement.

– Bonne nuit, madame Lebrun.

Je pivotai sur mes talons, me félicitant d'être au fond un garçon si sérieux. Au bout du couloir, je me ravisai et allai toquer à la porte de Belette.

– Qu'est-ce que vous avez oublié ? me demanda-t-elle.

Je l'embrassai.

– Ça.

Je finirais bien par être un garçon sérieux. Mais comme disait mon prof de maths quand j'étais gamin : « Doit encore fournir un effort. »

3
Cric ou crac?

Le lendemain, mardi, je dus raccompagner Sophie de bonne heure à la gare Saint-Jean, puis passer récupérer les résultats du spermogramme. J'avais l'intention de mettre à profit cette deuxième visite pour mieux explorer les laboratoires Vorillon. Je me moquais bien d'être surpris en flagrant délit de curiosité.

– Soyez prudent quand même, me dit Sophie sur le quai. Je trouve qu'il y a une drôle d'ambiance dans cet endroit.

Cette fois-ci, Bécassine me laissa sans surveillance dans la salle d'attente. Je remontai à l'étage et entrai dans la première pièce sans la moindre précaution. Toujours personne. Sur une paillasse, il y avait une «coupe de champagne» pleine, des tubes, une seringue et un microscope. Au-dessus de la paillasse, des photos de petites filles endimanchées avaient été punaisées. Des bébés-éprouvette ? Sur une étagère étaient entassées des poupées russes aux couleurs criardes. Plutôt insolite. J'en pris une et je l'ouvris. Dans la matriochka au ventre rond, il y avait une deuxième matriochka, puis une autre qui s'emboîtait...

– Vous cherchez quelque chose ?

Je me retournai en souriant. J'avais reconnu la voix chantante et brutale. C'était Mireille.

– Sacrée cuisine, dis-je. Vous nous préparez quoi ?

Je désignai la paillasse. Mireille se mit à rire.

– Je dois me débarrasser du liquide séminal et isoler des spermatos. Après, je choisis ceux qui m'inspirent le plus ! Mais qu'est-ce que vous faites là ?

C'était dit gentiment, mais elle attendait une réponse. Elle me reprit des mains les poupées gigognes et les reposa sur l'étagère.

– Je cherche ma femme, improvisai-je.

– Ah ! Madame Doucet ? Le chirurgien la finit. Après, elle retourne dans sa chambre, au deuxième.

– Je vais l'attendre là-haut, décidai-je.

Mireille me tournait déjà le dos, tout à ses bricolages. Le couloir était toujours désert. J'avais envie d'entrer là où j'avais vu la cliente si malheureuse, la veille. Des bruits métalliques d'objets qu'on heurte m'avertirent qu'il y avait quelqu'un. Gabrielle ? Fort heureusement, un gros meuble me permettait d'avancer dans la pièce tout en restant caché. Sur les tiroirs du meuble, je pus lire :

SPERME FIV

AVIS DE CONGÉLATION

FICHE DE DÉCONGÉLATION

Au-dessus du meuble, d'autres photos de fillettes avaient été fixées par des aimants. Grimpée sur un marchepied et me tournant le dos, jolie silhouette aux cheveux longs,

Gabrielle était penchée au-dessus d'une préparation microscopique. J'avais le champ libre. La pièce ressemblait à une grande cuisine agrémentée d'écrans, de lumières clignotantes et de microscopes. Je sursautai et reculai d'un pas. Au fond de la pièce, il y avait une sorte de guichet et de l'autre côté du guichet un chirurgien en tenue stérile était en train de « finir » Mme Doucet. Elle était allongée sous un drap, les yeux clos, anesthésiée sans doute.

– Eh, oh, t'attrapes ! appela le chirurgien, en passant deux tubes rouges par le guichet.

Gabrielle marmonna :

– Voilà, voilà...

On la sentait extrêmement lasse. Elle descendit de son marchepied et prit les deux tubes, puis les deux suivants qui semblaient également pleins de sang.

– Il y en a combien ? demanda Gabrielle, de sa voix endormie.

– Six. Tu me tries les ovocytes et tu me les mets au chaud ?

– C'est «Doucet»? répondit Gabrielle en consultant une liste d'étiquettes.

– Eh oui! Pas de blague, hein? fit le chirurgien. J'ai une Mme Tcheng, en fin de matinée. Ça ferait désordre chez les embryons.

Il rit, sans obtenir le moindre écho chez Gabrielle. Je me retirai dans le couloir et décidai de revenir sagement dans la salle d'attente.

– Mais, dites, je vous cherchais, zézaya Bécassine en me voyant entrer.

Je commençais à l'agacer.

– Le professeur vous attend.

Il était au téléphone quand je m'assis en face de lui. Il en profita pour faire l'important, en parlant anglais avec un interlocuteur de Los Angeles.

– Excusez-moi, j'organise un congrès à L.A., me dit-il, plein d'une insupportable prétention. Alors, oui...

Il remua de nouveau ses paperasses, tripota sa boîte de cachous sans l'ouvrir, puis parut se souvenir de ce qu'il cherchait.

– Oui, voilà. Le spermogramme. Alors...

Il me dévisagea et son regard exprima crûment le plaisir de la domination.

– Pas bon, votre spermogramme, lâcha-t-il. Vous savez, quand il y a un problème de fertilité dans un couple, je ne me satisfais pas de savoir que madame a tel ou tel trouble. Il faut aussi chercher du côté du monsieur. Autrement, nous allons droit à l'échec.

On frappa à la porte et Mireille entra. Me reconnaissant, elle me sourit.

– C'est le spermogramme d'hier, me présenta le Pr Vorillon.

Mireille fronça les sourcils:

– M. Doucet?

– Non. M. Lebrun, rectifia son patron.

Elle me regarda, attendant une protestation de ma part. Comme elle ne venait pas, elle se contenta de faire «ah, bon» et posa un papier sur le bureau avant de repartir.

– Oui, alors, voilà, reprit Vorillon en s'emparant du papier. J'ai vos chiffres.

Il lut :

– Quatre millions de spermatozoïdes par millilitre.

Il hocha la tête et me dévisagea encore, avec l'air du monsieur qui sait vous avoir annoncé une nouvelle très pénible. Je compris à ce moment-là que je n'étais ni Lebrun ni Doucet, mais que le spermogramme en question était bien le mien. Je m'agitai sur ma chaise, soudain troublé.

– Ça veut dire quoi ? demandai-je.

– Que vous avez bien fait de venir ici, me répliqua le professeur, pénétré de la chance que j'avais.

– Heu, attendez... Je... je n'ai pas de problème, balbutiai-je, en évoquant mentalement Catherine et son gros ventre.

– Écoutez, monsieur Lebrun, si quelqu'un avec un spermogramme comme le vôtre arrive à avoir un enfant, il peut allumer un cierge à la Vierge de Lourdes. Elle y est sûrement pour quelque chose.

Le professeur se mit à rire, très amusé de sa repartie. Ma respiration s'était accélérée. Vorillon venait d'ouvrir sa boîte de cachous et il me la tendait :

– Un cachou ? Non ? Oui, alors, voilà... C'est ennuyeux, mais ce n'est pas désespéré. Nous sommes là pour vous aider. La science fait des miracles de nos jours. Pas besoin d'aller à Lourdes, ah, ah !

Mais je vais le tabasser ! Catherine ? Non, ce n'est pas possible. C'est mon enfant qu'elle porte En face de moi, l'autre abruti était en train de me détailler tout ce qu'on allait me faire pour que je puisse être père ! Il avait pris un coupe-papier pour mieux m'expliquer.

– Oui, alors, voilà... Ça s'appelle une ICSI. On isole un ovocyte de madame.

Il déposa sa boîte de cachous sur une feuille blanche et, sans crier gare, l'agressa d'un coup sec de son coupe-papier.

– Et on l'entaille. Puis on prend un spermatozoïde de monsieur.

Il releva la tête et, pour que les choses soient claires, il insista :

– Un de VOS spermatozoïdes. Mon équipe en choisit un qui a à peu près bonne mine, si vous me permettez l'expression.

Il sortit une cigarette de son paquet de Lucky Strike.

– Bien sûr, tout ça se fait au microscope avec des manettes. C'est Mireille qui s'en charge. Elle est d'une dextérité… redoutable.

Mes yeux étaient fixés sur la cigarette que le professeur venait de rapprocher de la boîte de cachous. Il poursuivit :

– Mireille pousse le petit spermatozoïde vers l'ovocyte entaillé. Puis elle lui coupe la queue.

Crac. Vorillon trancha le bout filtre de la cigarette avec son coupe-papier. Je ne pus m'empêcher de pousser un gémissement.

– C'est pour que le spermatozoïde se tienne tranquille, me dit le professeur, le ton affectueux. Et après, Mireille rentre la tête du spermatozoïde dans l'ovocyte. C'est la tête qui contient le matériel génétique. La queue ne sert à rien.

Le bout filtre atterrit dans la corbeille à papier. Terrassé, je regardais ce qui restait de la cigarette que la boîte de cachous était en train d'absorber.

– C'est une technique superbe. Superbe, se délecta le professeur. Et qui nous fait de très beaux embryons. Vous en serez content. C'est un peu cher, évidemment.

Je quittai les laboratoires Vorillon, complètement groggy. 30 000 francs, l'ICSI. En liquide, de préférence.

– À votre avis, avais-je demandé à Vorillon, je ne peux pas être père de façon naturelle ?

– Ce serait un fabuleux hasard, monsieur Lebrun, m'avait-il répondu.

Et moi, j'étais tellement perturbé que j'avais cru entendre : « Ce serait un fabuleux Lebrun, monsieur Hazard. »

Je laissai aller ma tête contre le siège du

TGV. Catherine, que m'avez-vous fait ? Cet enfant que vous portez, est-ce le mien ? Le nôtre...

J'avais un intense besoin de réconfort, en arrivant à Paris, en milieu d'après-midi. Avant toute chose, je décidai d'aller récupérer mon chien placé en pension chez Axel.

– Ça va pas ? s'exclama mon filleul, en m'apercevant.

– Si, murmurai-je, la gorge tellement nouée que j'avais l'impression d'avoir avalé mon nœud de cravate.

Je m'accroupis pour caresser mon cher vieux Tod.

– T'es un bon chien, toi, bêtifiai-je. Tu l'aimes ton maître, hein ? C'est un bon toutou, Tod.

– Dis, je voudrais pas te bousculer, intervint Axel. Mais y a ta meuf qu'a appelé, ce matin. Elle avait plutôt les boules de pas te trouver.

– Elle a les boules, hein ? répétai-je avec un

ricanement. Eh bien, moi aussi, j'ai les boules, figure-toi.

Arrivé chez moi, je m'aperçus que la colère avait remplacé le chagrin. Alors, elle voulait que j'endosse le gosse d'un autre? Elle s'imaginait peut-être que son bâtard allait porter mon nom? Comme je tournais la clef dans ma serrure, je remarquai des éclats de bois le long du chambranle de la porte. D'ailleurs, ma clef ne fonctionnait plus.

– Merde, merde, maugréai-je en donnant des bourrades dans ma porte.

Le type qui l'avait forcée, sans pouvoir entrer, avait faussé la serrure. Résumons: immature, stérile, cocu et SDF. Je regardai mon fox:

– Je sens que je vais me flinguer.

Mais comme je n'avais l'outillage ni pour me tuer ni pour ouvrir ma porte, je partis à la recherche d'un serrurier. Naturellement, celui qui me dépanne chaque fois que je perds mes clefs était:

FERMER POUR CAUSES VACANCE

– Je vais t'apprendre l'orthographe ! dis-je en filant des coups de pied au store baissé.

Malgré tout, j'étais à la rue et il n'était pas question que je demande l'hospitalité à Catherine. La perspective de passer la soirée à la Brasserie du Luxembourg ne m'enchantait pas non plus.

– Tod ! Ici !

Mon fox m'exaspérait à aller renifler alternativement le pied des lampadaires et le cul des chiens. C'est extraordinaire comme, certains jours, je peux me sentir paumé.

– Mais où est-ce que je suis ?

Je tournai sur moi-même. Paumé, je l'étais pour de bon. Mon chien m'avait entraîné dans une de ces impasses qu'il affectionne parce que les sacs-poubelles y séjournent longuement.

– Toood !

S'il s'était trouvé une petite amie, je pouvais toujours l'appeler. Ce fox que j'ai adopté tardivement ne m'obéit que si ça lui chante.

– Tod, nom d'un chien !

Un bruit dans mon dos me fit tressaillir. Pourtant, il y avait toute la rumeur d'une grande ville derrière moi. Mais ce bruit-là était tout proche et recelait un danger. Je n'eus pas le temps de me mettre sur mes gardes. L'homme était déjà sur moi, m'aplatissant contre un mur.

– La lettre, dit-il. Tu donnes la lettre.

J'ai une certaine expérience des voyous. Celui-ci avait appris à jouer les durs en regardant les feuilletons sur Canal Jimmy. Malgré tout, son couteau était assez gros et juste sur ma carotide.

– Quelle lettre ? dis-je.

J'espérais le retour de mon chien.

– Des laboratoires chose, tu sais quoi, s'énerva la petite frappe, en me secouant de sa main libre.

– Ah ? La lettre des laboratoires Vorillon ? À Bordeaux ? C'est ça ?

– T'arrêtes ou je te saigne comme un cochon.

Une vraie réplique de feuilleton. Mon problème, c'était que mon chien ne revenait pas. Et s'il l'avait «saigné comme un cochon»?

– J'ai mis la lettre dans un petit sac cousu dans le bas droit de mon pantalon, dis-je sans la moindre hésitation.

– Si tu te fous de ma gueule, je te...

– Saigne comme un cochon, conclus-je en même temps que lui. Ah? On a dit la même chose! Il faut faire: «1, 2, 3, cric ou crac?»

Le jeune type me regarda, complètement déboussolé. Il ne s'attaquait sans doute qu'aux vieilles dames, infirmes de préférence.

– Désolé, murmurai-je, je n'ai pas peur de toi.

D'autant moins peur que j'avais entendu le halètement de mon fox.

– Tod, attaque!

Je jure que je n'ai jamais dressé ce chien. Je n'arrive même pas à lui passer une laisse. Pourtant, dès que quelqu'un m'agresse, il bondit sur lui, les crocs retroussés. Quelques secondes plus tard, la petite canaille lâchait son couteau et détalait. Les vieilles dames devraient toutes s'acheter un fox. Je me baissai et frictionnai vigoureusement la tête du mien.

– Où étais-tu passé, toi, hein?

Tod pencha la tête de côté, les yeux langoureux.

– Encore une copine?

Il redressa ses petites oreilles cassées et jappa une seule fois, exactement comme s'il me disait «oui». Je lui donnai une tape sur le museau:

– On était faits l'un pour l'autre. Allez, viens.

J'ai beau mener une vie saine et sportive, et me faire agresser régulièrement, j'avais tout de même les jambes flageolantes. Je décidai de rentrer à la maison, de casser la porte ou de dormir sur le paillasson. Toutes ces peines me furent épargnées. Cette fois-ci, le cambrioleur était entré et ma porte béait.

– Putain de...

Tous mes dossiers éventrés, mes fichiers vidés, mes copies éparpillées, mes livres jetés à terre, ici et là, un objet brisé, un vase s'égouttant sur la moquette... Tod se mit à grogner et renifler un peu partout. Je m'assis dans un fauteuil, les pieds tellement plombés qu'il me faudrait des siècles pour me relever. Donc, « ils » voulaient absolument la lettre. Je portai la main à mon cœur : elle était là, dans mon portefeuille, tout simplement. Je reconstituai ce qui s'était passé. Profitant de mon absence, un voyou était venu forcer ma porte et avait sans doute été dérangé. L'autre minable chargé de ma surveillance m'avait vu entrer puis ressortir, et m'avait filé. Tandis qu'il m'attaquait, son complice finissait la besogne et dévastait mon appartement. Tout cela sentait la panique et l'improvisation. Mais le résultat était là : un véritable désastre domestique et professionnel. Laissant errer mon regard, je m'aperçus que mon ordinateur me signalait des appels téléphoniques. Je me traînai jusqu'à lui et cherchai à lui faire cracher ses messages, en cliquant un peu n'importe où avec ma souris. Au bout d'un moment, mon écran afficha: ERREUR FATALE ou une coréennerie du même style. Mes nerfs étaient dans un tel état qu'il ne me restait plus qu'une chose à faire: les passer sur Catherine. Je pianotai son numéro de téléphone tout en cherchant une phrase d'introduction assez vigoureuse comme: «Vous êtes sûre que je suis le père de votre enfant?» Mais cinq, six sonneries tombèrent dans le vide. Je regardai ma montre: 21h35. Qu'est-ce qu'une femme enceinte de huit mois peut bien faire hors de chez elle à 21h35?

– Elle n'a même pas branché son répondeur, remarquai-je à mi-voix.

Et ça, c'était presque inquiétant.

– Viens, Tod...

Je quittai mon appartement sans prendre la peine de repousser ma porte et je me hâtai vers la rue des Blancs-Manteaux. Catherine habite au-dessus de chez ses parents. Peut-être était-elle descendue passer la soirée avec eux? Je suis en assez mauvais termes avec les parents de ma «chère et tendre», comme on dit dans *Jeune et Jolie.* M. et Mme Roque me reprochent:

1. D'être trop vieux pour leur fille.

2. De ne pas l'avoir épousée (ce qui est un peu contradictoire avec le n° 1).

3. De lui avoir fait un gosse (un article qui demanderait à être révisé).

Bref, ils ne m'aiment pas. Honnêtement, moi, je leur reproche:

1. D'être cons.

2. D'être cons.

3. D'être cons.

Dans ces conditions, j'hésitais à sonner à leur porte pour leur demander des nouvelles de Catherine. Mais Tod s'impatientait sur leur palier et manifestait même l'intention de pisser sur le paillasson. Donc, je sonnai:

– Nils!

C'était presque un cri d'horreur que venait de pousser Mme Roque.

– Désolé, dis-je. Est-ce que Catherine est là?

– Comment ça, elle n'est pas avec vous?

Une mise au point s'imposait: Catherine n'était pas chez elle, pas chez moi, pas chez ses parents. M. Roque se joignit à nous, toujours sur le palier.

– Elle vous a appelé ce matin, me dit-il, le ton bourru. Elle était furieuse parce que vous n'étiez pas là…

Je savais qu'elle avait appelé également Axel. Et que ses messages avaient été bouffés par mon ordinateur. Mme Roque, aussi inquiète que moi, partit chercher dans sa chambre un double de la clef de Catherine. J'étais toujours sur le palier avec mon chien, sursautant chaque fois que la minuterie faisait «clong» en s'éteignant. Nous montâmes jusqu'au studio et Mme Roque entra la première. Rapidement, j'ouvris la porte des toilettes et celle de la salle d'eau. Tout était en ordre, mais, presque cachée derrière le canapé, il y avait une sacoche. Je l'entrebâillai. À l'intérieur, il y avait tout un tas de petites choses roses et jaunes. Mes yeux se brouillèrent.

– Mais enfin, ce n'est pas normal, gémissait Mme Roque dans mon dos.

L'unique piste qui me restait pour retrouver Catherine, c'étaient les messages enfouis dans mon ordinateur. Je repartis chez moi en courant, Tod haletant autant que moi. Mais la seule vue de ma souris coréenne me plongea dans le désespoir. Sale bête ! Dernière solution : me faire dépanner par Axel.

– Attends, attends, me calma mon filleul, à l'autre bout du fil. Laisse ton ordi tranquille. Es-tu passé à la maternité ?

– Quoi faire ?

– Cathy est peut-être en train d'accoucher.

– Mais non. C'est prévu dans un mois, répliquai-je, sûr de moi.

– Nils, une femme, c'est pas un coucou suisse.

Cette réflexion de grand bon sens me laissa sans voix quelques secondes.

– Je vais à la maternité, dis-je avant de raccrocher.

J'étais épuisé et je pris un taxi à la borne. Mon angoisse avait baissé d'un cran. Axel devait avoir raison. Cathy était à la maternité avec son petit bâtard. Je grimaçai dans la pénombre du taxi. Je venais de repenser à un flirt que Catherine avait eu : un Asiatique du nom de Monty. Elle était capable de me coller un gosse de la même marque que mon ordinateur.

– Cinquante-quatre francs, me fit le chauffeur.

– Ah ? On est... arrivés ?

Mon angoisse fit un nouveau bond. Et si Catherine n'était pas là ? C'était assez invraisemblable qu'elle fût partie à la maternité sans avertir ses parents, sans prendre la petite sacoche, près du canapé. Je m'approchai de la demoiselle qui somnolait sous la pancarte ACCUEIL de la clinique.

– S'il vous plaît ? Je crois que ma... femme est chez vous.

– Elle a accouché ? me demanda la demoiselle, en étouffant un bâillement.

– Je... je ne sais pas. Elle est peut-être encore en train d'accoucher.

Les yeux de la demoiselle papillotèrent. C'est fou ce que mes histoires la concernaient...

– C'est comment votre nom ? me fit-elle avec un gros soupir.

– Hazard.

Elle se leva et m'abandonna sans la moindre explication. Malgré mon anxiété, j'étais encore plus fatigué que la charmante demoiselle de l'accueil. Je m'effondrai dans un vieux canapé de la salle d'attente et fermai les yeux quelques instants. Tod s'était aplati sur mes pieds, pas mécontent du répit. Comme l'angoisse me taraudait de nouveau, je rouvris les yeux et feuilletai un *Paris Match* oublié sur une chaise. Je souris en apercevant une photographie du président de la République. L'article titrait : «Jacques Chirac veut interdire par la loi le clonage humain. Les développements scientifiques sur le clonage sont jugés trop importants par le Président pour qu'ils suivent leur cours dans d'obscurs laboratoires de recherche, avec l'argent pour seule motivation.» Mes yeux se refermèrent. Un bébé, pensai-je. C'est quoi, un bébé ? Un autre soi ? Pas tout à fait, parce qu'on coupe la queue. C'est la tête qui a le matériel génétique. Mais si vous voulez, on peut aussi couper la tête. Couper la tête du bébé ? Je sursautai. Oh, mon Dieu, j'avais rêvé. Je regardai ma montre, effaré. J'étais là depuis plus d'une demi-heure. Je retournai vers le guichet de l'entrée, avec l'impression de vivre une espèce de cauchemar sans fin.

– Oui ? me fit la demoiselle de l'accueil.

– Mais enfin, ma femme...

– Elle n'est pas là, monsieur.

Je plongeai mon visage entre mes mains. Catherine ! Catherine ! On ne disparaît pas comme ça, avec huit kilos de matos dans le ventre ! Catherine, je vous le prends votre bâtard, mais revenez… Soudain, un trait de lumière troua ma nuit :

– Oh mais ! Elle s'appelle Roque !

– Pardon ?

– Ma femme, enfin, ma copine, moi je m'appelle Hazard. Mais elle, elle s'appelle Roque.

– Catherine Roque ? me demanda languissamment la demoiselle.

– Oui, c'est ça ! hurlai-je presque.

– Elle est au troisième. Elle vient d'accoucher. Non, monsieur ! Pas avec le chien ! Monsieur, laissez votre chien !

J'étais parti comme une flèche, Tod bondissant à côté de moi. Trois étages, lui et moi, comme deux fous. Les portes à toute volée. Des gens criant sur notre passage. J'arrive. C'est là. J'attrape un infirmier par les deux bras.

– Où est-ce qu'on accouche ?

Une sage-femme en rose parut dans le couloir.

– C'est quoi, ce bruit ? Mais qu'est-ce que c'est, ce chien ?

Tod, qui imaginait je ne sais quel jeu, aboyait joyeusement.

– Tais-toi, Tod! ordonnai-je sans le moindre succès.

La sage-femme s'était approchée, plutôt furieuse. J'allais devoir l'amadouer. Je lui fis un grand sourire.

– Ma femme est là! déclarai-je, comme s'il s'agissait pour elle d'une excellente nouvelle.

– Ah oui? Mais les chiens sont interdits dans les maternités.

Je crus comprendre à son ton qu'elle aimerait aussi interdire les hommes.

– C'est Catherine Roque, poursuivis-je sans me décourager.

– Elle vient d'accoucher, m'annonça la sage-femme.

– Ah. Alors, c'est un enfant?

– Vous attendiez autre chose?

Je fermai les yeux. J'étais vraiment fatigué.

– C'est un garçon ou une fille? me repris-je.

– Une fille.

– Une fille, répétai-je tout bas.

Mon cœur se serra. Je ne pensais pas que ça me ferait si mal. Comme si on venait de m'arracher quelque chose.

– Ça vous intéresse de voir votre femme et votre fille ? s'informa la sage-femme. Ou vous préférez votre chien ?

Je m'accroupis près de Tod.

– Tu restes là, mon vieux. Je vais voir Cathy. Tu l'aimes bien, Catherine, hein ? Tu m'attends...

Je me redressai et regardai la sage-femme, subitement intimidé.

– Au fait, c'est complètement fini ? bredouillai-je. Je ne veux pas déranger... S'il y a encore deux ou trois trucs à faire, je peux attendre.

Sans me répondre, la sage-femme m'attrapa par la manche de mon veston et me conduisit au bout du couloir.

– C'est la petite brune dans le deuxième berceau, chuchota-t-elle. Elle est parfaitement finie. Allez voir.

Je m'approchai du berceau indiqué. Il faisait presque noir et on ne pouvait rien voir sans se baisser. Ce que je fis. Un gros édredon dissimulait une vague petite chose. Je sortis les lunettes que je ne mets jamais puis, du bout des doigts, je repoussai la couette. Je fronçai les sourcils. Une brune. Teint pâle. Copie conforme… de Catherine. Pas de danger qu'on sache qui était le père. C'est fourbe, les filles, dès la naissance. Je revins vers la sage-femme.

– Ça vous va ? me dit-elle, radoucie.

Je souris, incapable de répondre. Puis je la suivis dans la salle où Cathy venait d'accoucher.

– Alors vous ! m'accueillit Cathy. Pour vous défiler, vous êtes fort !

En quelques phrases essoufflées, elle me raconta qu'elle avait cherché à me joindre toute la matinée, parce qu'elle éprouvait de bizarres contractions dans le ventre. De guerre lasse, elle s'était rendue seule à la consultation de la maternité où elle avait appris que la poche des eaux s'était rompue et qu'il était prudent de provoquer l'accouchement. Dans son affolement, elle avait oublié de prévenir ses parents. Cathy conclut, la voix presque éteinte :

– Il faudra me rapporter une sacoche qui est près de...

– Je sais, dis-je, lointain.

Le moment était sans doute mal choisi pour lui faire une scène.

– Elle est belle, hein ? murmura Catherine.

– Elle vous ressemble, répliquai-je, sans prendre de risques.

– Vous trouvez ? Elle a exactement vos yeux !

Je soupirai d'agacement.

– Nils ? reprit Catherine. Vous vous rappelez ? C'est vous qui devez lui donner son prénom.

Je fis la moue.

– Clytemnestre ? me taquina mon amie.

– Juliette, répondis-je, la moue de plus en plus tremblante.

Catherine eut l'air déçu. Pas assez original à son goût.

– Pourquoi Juliette ?

– Parce que Roméo.

Une femme aime un homme. Un homme aime une femme. La science n'a encore rien trouvé de mieux.

4
Ti-Kiki

Si une personne pouvait me dire le sens exact de « *Suite au décès de votre fille A, nous vous informons que A' est à votre disposition aux laboratoires Vorillon* », c'était le destinataire de la lettre, Patrice Passerin. Le mercredi après-midi, je sonnai rue Denis-Poisson, une fois, deux, cinq... Ce fut mon étudiante qui m'ouvrit. Était-ce la frayeur ? Aurélie avait les joues enflammées et le souffle court.

– Du calme, dis-je. Je ne vous veux aucun mal.

Machinalement, j'enregistrai que le corsage de la jeune fille était boutonné « en menteuse ». C'est également le genre de chose qui me trouble. J'ai très envie de remettre les boutons dans la bonne boutonnière. J'entrai dans le salon.

– On a essayé de me reprendre la lettre de force, dis-je à mon étudiante. Et on a cambriolé mon appartement.

Aurélie remettait un peu d'ordre dans sa coiffure. Elle était perturbée par autre chose que mes histoires.

– Il fallait poster la lettre, me répondit-elle.

– Vous avez dit à votre père qu'elle était en ma possession ?

– Vous m'avez déconseillé de mentir. Et puis, ça se voyait que c'était une photocopie.

Mes yeux ne pouvaient plus se détacher du corsage mal reboutonné. Aurélie suivit mon regard et rougit.

– Vos parents sont là ? m'informai-je, sachant la chose très peu probable.

– Ils sont à Bordeaux.

– Mais vous n'êtes pas seule, dis-je avec un demi-sourire.

Au même moment, la porte de la chambre s'ouvrit et mon jeune ami, Claude Destre, parut.

– Mais qu'est-ce que vous lui voulez, à la fin ? s'exclama-t-il.

– Et vous ?

Avec son air narquois habituel, Claude me raconta qu'il était venu faire des excuses à Aurélie pour s'être conduit brutalement dans le couloir de la Sorbonne.

– Sur votre ordre, me reprocha-t-il.

Bref, d'excuses en explications, il en était arrivé à déboutonner le corsage d'Aurélie. « Il ne se débrouille pas mal, ce garçon, pensai-je. Sauf pour le reboutonnage. » Je me retournai vers Aurélie.

– Qu'est-ce que vos parents sont allés faire à Bordeaux ?

– Mais je vous l'ai dit ! me répliqua Aurélie, assez sûre d'elle depuis que Claude avait reparu.

– Une nouvelle implantation d'embryons ?

– Oui.

Il y eut un silence que Claude rompit.

– Tu devrais répéter à m'sieur Hazard ce que tu m'as dit, Aurélie.

– C'est pas important, marmonna mon étudiante.

Ce n'était plus le moment de la brusquer. La vérité allait venir d'elle-même.

– C'est juste que... Ma mère m'a dit que, si ça marchait comme la première fois, j'aurais une autre petite sœur.

Encore un silence. Claude avait envie d'intervenir. Je lui fis signe de rester tranquille.

– Et aussi que... Il ne faudrait pas que je m'étonne si... si cette petite sœur ressemblait beaucoup à Adrienne. Il paraît que dans les FIV les embryons se ressemblent beaucoup.

Nous échangeâmes discrètement une mimique dubitative, Claude et moi. Tant que les parents d'Aurélie ne seraient pas rentrés, je n'apprendrais rien de plus. Je pris donc congé de mes étudiants. À ma grande surprise, je fus rattrapé en haut de la rue Denis-Poisson par un Claude Destre tout essoufflé.

– Hé ! M'sieur Hazard ! m'appela-t-il à sa manière désinvolte et gamine.

– Il y a le feu chez Aurélie ? m'étonnai-je, quand il fut à ma hauteur.

Destre lâcha son rire bref de garçon nerveux.

– C'est quoi exactement cette histoire de lettre ? me demanda-t-il, l'air inquiet.

Je repris ma marche en silence, les mains dans les poches.

– Vous vous souvenez de cette brebis qu'on a clonée en Écosse ? questionnai-je soudain.

– « Dolly » ? Il y a un rapport ?

Il marcha à mon côté quelques instants, lui aussi méditatif.

– Quand même, on a fait ça sur une brebis. Jamais sur un homme, reprit-il, la voix mal assurée.

– Vous avez compris ce qui s'est passé en Écosse ? J'en ai entendu parler à la radio mais...

Mais c'était comme pour le Minitel. Je n'avais rien écouté.

– Un clone, c'est quoi ?

– C'est une copie conforme. Un Nils Hazard, deux Nils, trois... Le cauchemar, quoi.

– OK, bougonnai-je. Mais ça s'obtient comment ?

– C'est un truc bizarre. Si j'ai bien compris, on prend une cellule de n'importe quoi à une brebis A (je crois que c'était une cellule de glande mammaire). On prend un ovocyte à une autre brebis B. On vide l'ovocyte avec une pipette. Ce n'est plus qu'une enveloppe vide, vous me suivez ? Et puis on fait une entaille dedans...

Je revoyais le bureau du Pr Vorillon et le coupe-papier entaillant la boîte de cachous.

– Après, on pousse la cellule de glande mammaire dans l'ovocyte.

Je hochai la tête en repensant à la Lucky Strike. Au fond, les deux techniques se ressemblaient.

– Je crois que les types du labo écossais ont recommencé plus de deux cents fois la manip avant de réussir, poursuivit Destre. Après, la cellule et l'ovocyte ont fusionné et ont donné un embryon. On a remis l'embryon dans l'utérus d'une troisième brebis. La brebis qui est née, Dolly, c'était la copie de A. Mêmes gènes, mêmes yeux, mêmes bêêê. Un clone.

Je récapitulai mentalement ce que Claude venait de me raconter. Quelque chose clochait. Ou alors, j'avais encore mal écouté. Une cellule appartenant à une brebis, bon. Un ovocyte appartenant à une autre brebis, d'accord. Mais :

– Le spermato dans tout ça ?

– Y a pas, me répliqua Destre. C'est ça, le truc bizarre. La femelle se reproduit toute seule.

– Putain, murmurai-je.

Ce n'était pas le bout filtre qu'il fallait jeter dans la corbeille à papier. C'était le mec tout entier, tête et queue !

– Mais alors, on est cocus dans cette histoire ? constatai-je.

– Pour le moment, c'est surtout le bouc, me raisonna Claude.

– D'accord, mais imaginez…

En silence, côte à côte, les mains dans les poches, nous imaginâmes. Si ce qu'on a fait à une brebis en Écosse, d'autres l'ont fait ailleurs sur l'homme ? Et si les laboratoires Vorillon s'étaient lancés dans le clonage humain ? S'ils offraient aux couples un gentil modèle réduit du papa ou de la maman ?

– On va prendre un verre ? me proposa Claude.

« Je devrais sortir plus souvent avec un copain, pensai-je. C'est à peu près tout ce qui nous reste. » Quand je revins chez moi, un peu embrumé par mes deux Kronenbourg, je pris mieux conscience du danger que représentait la fameuse lettre. Par ces quelques mots, « M. X » s'était imprudemment trahi. Personne ne s'était essayé au clonage humain, du moins ouvertement. Les gouvernements voulaient l'interdire, les scientifiques le prétendaient irréalisable dans l'état actuel des connaissances. Je palpai mon portefeuille : là, j'avais une preuve du contraire. J'avais LA preuve. N'étais-je pas en danger à tout moment, à chaque pas que je faisais ? Je me mis à trouver une sale tête à toutes les personnes que je croisais. La marche dissipant les effets de l'alcool, je découvris l'invraisemblance du scénario que j'avais inventé. La mère d'Aurélie lui avait dit que la petite sœur future ressemblerait à la petite sœur disparue. Mme Passerin ne lui avait pas dit qu'elle lui ressemblerait à elle. Du reste, jamais Aurélie ne m'avait signalé que la petite Adrienne ressemblait de façon frappante à sa mère. Bien sûr, il y a des différences entre un adulte et son clone nourrisson, mais la ressemblance doit sauter aux yeux. Et pourquoi Mme Passerin aurait-elle souhaité une sosie d'elle-même, dans quel but ? Pourquoi M. Passerin aurait-il accepté ?

– Et si ! Il y a une raison, murmurai-je en m'arrêtant net sur le trottoir.

Imaginons un type, Passerin ou Lebrun, peu

importe, qui va consulter le Pr Vorillon. Il apprend que ses spermatozoïdes sont des bons à rien. Au lieu de proposer une ICSI, le Pr Vorillon offre alors à M. et Mme Passerin (ou Lebrun), de cloner l'un des deux ! Au choix, un sosie de maman ou un sosie de papa. Et hop, plus de problème de stérilité et la Lucky Strike à la poubelle…

– Mais Nils !

« Ça y est, pensai-je, je vais me faire engueuler. » Je venais de décrocher le téléphone et Catherine était à l'autre bout du fil, excédée.

– Pourquoi vous n'êtes pas venu à la maternité aujourd'hui ? C'est au-dessus de vos forces ? Votre agenda est trop chargé ?

J'aurais pu expliquer à Catherine le coup des 12 losanges, mais elle n'aurait pas forcément apprécié. Donc, je la laissai crier.

– Vous êtes passé déclarer Juliette à la mairie ? Nils, je vous parle ?

Aller déclarer « Juliette Hazard » à la mairie,

oui, c'était au-dessus de mes forces. Mon fox avait posé une patte compatissante sur mon genou. C'est le type qui me comprend le mieux sur terre.

– Nils, répondez-moi, murmura la voix brisée de Cathy. Vous n'en voulez pas?

– Il faut que je réfléchisse. Laissez-moi réfléchir... vingt-quatre heures, Catherine, pas plus.

Un silence bouleversé, de l'autre côté. Et puis, clic. Cathy raccrocha. Je restai un long moment à caresser Tod, sans savoir ce que je ressentais. Puis le téléphone résonna.

– Allô, monsieur Lebrun?

Je m'apprêtais à répondre mécaniquement qu'il y avait erreur, lorsqu'un frisson me secoua. Lebrun! Mais c'était mon nom d'emprunt. Quelqu'un savait que Lebrun = Hazard.

– Je voudrais vous parler de A et de A', reprit la voix douce et comme amortie.

C'était la voix d'une personne sous tranquillisants. Et je connaissais de dos cette personne. Elle me fixa un rendez-vous, le lendemain, à 23 heures, rue Auguste-Farjon à Clamart, un rendez-vous qui puait le guet-apens à cent pas.

– Venez seul et discrètement, conclut la voix dans un murmure. Je prends des risques.

Je suis un garçon courageux. En raccrochant mon téléphone, je décidai d'aller le lendemain… voir Cathy à la maternité.

Les visites commençaient à 14 heures. Ce jeudi, à 14 h 05, je toquai à la porte de ma « chère et tendre », l'esprit plutôt conciliant. Si elle m'avouait que Juliette n'était pas ma fille, j'étais même prêt à lui donner mon nom. Sur le pas de la porte, je faillis repartir en courant. M. et Mme Roque étaient là, penchés au-dessus du berceau. Je me forçai à entrer. Je ne voyais que leurs deux gros fessiers, mais j'eus le privilège d'entendre gazouiller Mme Roque :

– C'est-ti mon kiki joli ? C'est à qui, le joli ti-kiki ? C'est le beau kiki à sa mamie, ça.

Catherine, la tête sur l'oreiller, entrouvrit les yeux et m'aperçut:

– Tiens, c'est le papa du ti-kiki, fit-elle, flegmatique.

Au même moment, Juliette se mit à hoqueter.

– Qu'est-ce qu'ils lui font? demandai-je à Cathy, en désignant les coupables penchés sur le berceau.

Juliette pleurait. Involontairement, je portai les mains à mes oreilles. Je préfère *« lâche l'areuf, c'est ma meuf »* à pleins tubes sur mon Walkman. Mme Roque avait pris le ti-kiki dans ses bras et le secouai comme une bouteille d'Orangina avant décapsulage, tout en me défiant du regard.

– Oui, je suis un monstre, confirmai-je, puisque c'était le fond de sa pensée.

– Donne-moi Juliette, maman, intervint Catherine. Elle a faim.

Elle laissa glisser la bretelle de sa nuisette et posa la tête de sa fille sur son sein tendu de lait.

Les pleurs s'arrêtèrent instantanément. Juliette se mit à téter, les paupières aussi closes que les poings. Je la regardai faire, partagé entre le dégoût et la jalousie.

– Nils...

Je relevai la tête. Les yeux de Catherine étaient de nouveau pleins de larmes.

– Allez-vous-en, me dit-elle tout doucement.

– Quoi? Mais j'ai rien fait! protestai-je à la façon des gosses.

– Allez-vous-en, répéta Catherine.

Et les larmes coulaient sur ses joues. J'étais tellement désemparé que je cherchai de l'aide du côté des Roque.

– Ça devait finir comme ça, marmonna Mme Roque.

J'aurais dû protester: mais ce n'est pas juste! On me trompe, on me ment et on me jette.

– D'accord, dis-je à mi-voix.

Je quittai la pièce pour me rendre à un autre rendez-vous, rue Auguste-Farjon, à Clamart.

Pas parce que j'avais envie d'en savoir davantage sur A et A'. Mais parce que j'avais quelque chance de m'y faire massacrer.

Il y a des endroits insoupçonnés dans la banlieue française. La rue Auguste-Farjon, à 22 h 30, était une plongée dans un autre monde, dans un autre temps. Les pavés gras et inégaux, le faible éclairage, les maisons de brique rouge, muettes et borgnes, faisaient vagabonder l'esprit dans une rue de Londres au siècle dernier. On s'attendait à voir Nancy, la prostituée, sur le pas d'une porte et le bandit Sikes poussant devant lui un gosse dressé au vice. Ou peut-être étais-je ce bandit, avec son chien aux aguets et un cran d'arrêt au fond de sa poche ? La maison du rendez-vous, provisoirement soutenue par quelques grosses poutres, penchait dangereusement au-dessus de la rue. Une forte odeur de poisson avarié s'échappait des poubelles au pied de l'escalier.

– Troisième étage, murmurai-je. Allez, Tod…

Les deux premiers étages me parurent inoccupés et il ne restait plus qu'une seule ampoule pendant le long du mur pour m'éclairer dans ma montée. Je frappai à la porte du troisième. Pas de réponse. Je sortis mon cran d'arrêt et posai la main sur la poignée, sachant parfaitement que ma conduite était suicidaire. J'entrai. Tod était silencieux et, dès les premiers pas dans la pénombre, je sus que j'étais seul. L'odeur de renfermé était nauséabonde. Des meubles cassés et entassés donnaient à la pièce un aspect chaotique. En voulant éviter une grosse armoire renversée, je faillis m'étaler sur le plancher. Je frottai une allumette. Ce fut une brève vision d'horreur. Un corps était au sol, bras et jambes écartés en forme de X. Inutile de vérifier si la personne était encore en vie. Sa tête se trouvait sous l'énorme armoire normande. Les pensées défilèrent très rapidement dans la mienne. Je m'étais placé dans un assez mauvais cas. La police, si je la prévenais, pourrait me demander ce que je faisais dans cet invraisemblable endroit où une femme venait d'être assassinée. On passe vite du statut de témoin à celui d'accusé. Tod ne donnait aucun signe de nervosité. L'assassin était donc loin. Comment avait-il su que Gabrielle m'avait fixé ce rendez-vous ? L'odeur de rat crevé étant des plus incommodantes, je me dis que je continuerais tout aussi bien mes réflexions dans la rue. Mais au moment de franchir le seuil, je me souvins de tous ces romans policiers lus distraitement où la victime est morte, la face sur la grille du feu, ou décapitée par un train, ou défigurée à coups de barre de fer. Je devais vérifier une petite chose qui demandait de surmonter une grosse répulsion. Je revins vers le corps, en butant contre divers objets. J'avais stupidement oublié ma lampe de poche et je n'avais que quelques allumettes. Je fouillai dans mon cartable et en sortis un des papiers chiffonnés que j'enflammai. Je m'accroupis près du cadavre. C'était celui d'une femme entre deux âges. Repousser l'armoire était au-dessus de mes forces et, quel que fût l'état du visage, ne m'apporterait rien : je n'avais vu Gabrielle que de dos. Je posai une main tremblante sur le corps. Rigidité totale. Serrant les dents, j'ouvris le chemisier pour toucher la peau. Je ne suis pas médecin légiste, mais j'ai quelques notions sur la conservation des corps après la mort. Cette femme m'avait parlé la veille. La mort remontait à moins de quarante-huit heures. Mais l'odeur, la rigidité… Je poussai un cri et lâchai le papier enflammé. Sous le chemisier, il y avait d'horribles cicatrices géométriques et de fraîches coutures aux fils apparents. Cette fois, j'avais mon compte. Je quittai la rue Auguste-Farjon au pas de charge.

Je me rendis compte en marchant que ce qui m'arrivait n'avait pas de sens : ce rendez-vous téléphonique donné par une personne qui était déjà morte au moment où elle me parlait… Ma tête me faisait mal. J'aurais préféré qu'elle fût sous l'armoire normande. J'étais déçu. J'avais voulu me colleter avec la mort.

La mort était passée avant moi rue Auguste-Farjon. Et, malheureusement, on était passé après moi dans mon appartement.

– Non !

Si. Ma porte était grande ouverte et tout, dans mon bureau, avait été méthodiquement réduit en miettes, en bouillie, piétiné, lacéré, détrempé. La personne qui avait ravagé mon appartement n'y cherchait rien. C'était ma peau qu'on voulait, psychiquement parlant. Mon ordinateur coréen avait été épargné. Je compris pourquoi. Un message s'y affichait : « Tu lâches l'affaire ou ta vie sera un enfer. » « Ce garçon a des dispositions pour le rap », pensai-je mélancoliquement. Moi, j'étais ruiné et à fond de cale pour un moment.

Ma première occupation, le lendemain matin, fut d'aller acheter des journaux et de parcourir tous les faits divers. *Le Figaro*, *Le Parisien libéré*. Rien. Peut-être les faits étaient-ils déjà trop anciens ? Il m'aurait fallu tous les journaux de la semaine. Une dernière illumination me fit acheter *Sud-Ouest*.

EN BREF

Bordeaux. Un cadavre a été volé, dans la nuit de mercredi à jeudi, à la morgue de l'hôpital Pellegrin et n'a toujours pas été retrouvé. On ignore tout des motifs de cet acte mais les enquêteurs privilégient la piste d'un macabre jeu de rôle et interrogent des jeunes de Cauderan.

– Ils feraient mieux d'interroger M. X, dis-je en repliant le journal.

C'était donc une femme décédée d'une opération à cœur ouvert qui se trouvait rue Auguste-Farjon. Quand, dans un roman policier, on identifie une victime défigurée grâce à sa chevalière en or, on peut être certain qu'on se trompe sur l'identité du mort. Il s'agit d'un quelconque cadavre dérobé à la morgue. Quant à la victime, c'est en réalité l'assassin. Merci, Agatha Christie. Merci, Arsène Lupin. Moi, j'avais dans l'affaire le rôle très ingrat de celui qui sait et qui meurt au chapitre 5, histoire de relancer l'action. Je pouvais éviter ce désagréable rebondissement en renvoyant la lettre aux laboratoires Vorillon. C'était sans doute ce signe de reddition qu'ils espéraient. Encore partagé entre l'envie de me venger et celle de retrouver le sommeil, j'ouvris mon portefeuille, là où j'avais glissé la lettre.

– Non!

Si. Elle n'y était plus. Incroyable. Invraisemblable. La veille encore, je l'avais vue dans mon portefeuille. Je l'avais avec moi, rue Auguste-Farjon. La vérité me frappa de plein fouet.

– Non!

Si. Le papier que j'avais trouvé froissé au fond de ma sacoche, le papier que j'avais enflammé pour voir le corps, c'était la lettre des laboratoires Vorillon.

5
Trafic

J'avais le moral et le compte chèque au plus bas, mais surtout personne ne m'avait éclaté la tête. Et le Walkman, même à fond, ne m'empêchait pas de penser. Je revoyais la scène sur les écrans de mes nuits blanches : Catherine baissant la bretelle de sa nuisette, prenant la petite contre son sein. Dix fois, vingt fois, je suivais des yeux la courbure du cou, la ligne tombante de l'épaule. Cette femme, elle est sur tous les tableaux des églises, elle est dans tous les musées. Peinte, sculptée, fêtée. La mère. Et moi, je deviens quoi ?

« Allez-vous-en… »

Qu'est-ce que j'ai fait ? Ou pas fait… Alors, je repris le chemin de la maternité. Je voulais m'expliquer. J'entrebâillai la porte de la chambre de Catherine puis je la refermai. Ils étaient là ! Les Roque. La colère montait en moi, rouge sang. J'allais les foutre dehors.

– Monsieur Roque ?

Je sursautai. C'était la première fois qu'on m'appelait du nom de Catherine. La sage-femme me dévisageait amicalement.

– Vous veniez voir votre petite fille ? Elle prend son bain à la nursery.

Habituée à mon peu de réaction, elle me prit par la manche de mon veston et me conduisit. Il y avait trois bébés dans trois mini-baignoires. Je me retournai vers la sage-femme.

– C'est laquelle ?

Elle eut à peine une moue de réprobation :

– Les deux autres sont des petits garçons, monsieur Roque.

Je m'approchai de la jeune puéricultrice qui éclaboussait gentiment Juliette.

– C'est vous, le papa ? me dit-elle avec toute sa juvénile confiance dans la vie.

– Paraît.

– Vous voulez finir son bain? reprit-elle, toujours confiante.

– Non, je suis un père irresponsable.

La jeune fille leva vers moi un regard interrogatif et Juliette fit de même, braquant sur moi deux yeux bleus. D'un bleu nuit, parfaitement identique au bleu de mes yeux. Je pliai les genoux pour me retrouver à hauteur de son regard. Mon mouvement brusque la fit tressauter puis éclater en larmes.

– Émotive, hein? bredouillai-je en m'échappant.

Je quittai la maternité, sans avoir revu Catherine, et l'esprit en ébullition. Si Juliette n'était pas ma fille, elle faisait bien semblant. «Pas bon, votre spermogramme», m'avait assené Vorillon. Avait-il faussé les résultats pour me perturber? Après mon départ, Gabrielle, Mireille et M. X avaient pu faire des recoupements entre ce Lebrun qui se laissait appeler Doucet et ce Nils Hazard trop curieux. Mais j'avais du mal à croire que j'avais été démasqué du premier coup. Je passai la fin de ce vendredi à balancer entre deux options. Le spermogramme est vrai, je ne suis pas le père de Juliette. Le spermogramme est faux, je suis le père de Juliette. Et encore... Comment peut-on être sûr qu'on est le père de quelqu'un? Sûr à 100%? Il y a des tests génétiques, je crois, pour s'assurer de la filiation. Mais Catherine refuserait si j'osais lui en parler. Et je continuerais à me tenir sur un fil, papa, pas papa, le balancier penchant tantôt d'un côté, tantôt de l'autre. La sonnerie de la porte d'entrée me sortit de l'hébétude que j'entretenais. Machinalement, je ramassai le cran d'arrêt sur mon bureau. Je n'avais pas que des amis.

– M'sieur Hazard, il y a le Pr Vorillon qui passe à la télévision.

C'était Claude Destre qui trépignait d'excitation sur mon palier.

– Sympa chez vous, fit-il en entrant dans mon bureau dévasté. C'est normal, toute cette flotte sur votre table?

Il y a des moments où la décontraction de Claude me pèse beaucoup.

– Vous n'avez pas la télévision ? s'inquiéta-t-il brusquement.

– On m'en a offert une, répliquai-je, maussade. Elle est dans le placard de ma chambre.

– On la branche ? Mais fissa. Vorillon passe dans l'émission de Gérald Fayois : *C'est aujourd'hui demain*. Vous devinez le sujet ?

– La procréation assistée ?

– Perdu. Le clonage.

Je rebranchai le poste puis m'assis comme Claude à califourchon sur une chaise.

« Si vous en aviez la possibilité, vous feriez-vous cloner ? »

Fayois était là, face à un amphithéâtre, singeant le prof qui fait cours. Délaissant le veston rose de son émission *Top nana*, il portait des lunettes cerclées et une oreillette qu'il tripotait régulièrement. Toujours speedé, mais façon intello, il consultait ses petites fiches toutes les trois phrases.

« Voulez-vous vous faire cloner, oui ou non ? Répondez à notre question pendant toute la durée de l'émission, poursuivit-il. Résultats à 22 heures ! *C'est aujourd'hui demain* ! Mais hier, c'est encore aujourd'hui. Ce n'est pas vous qui me contredirez, Pr Valeri Bykov ? »

La caméra s'arrêta sur le visage d'un des participants dans l'amphithéâtre.

« Selon vous, rien de plus facile que de ressusciter Lénine ? »

Le professeur, qui écoutait la traduction russe de l'émission dans son oreillette, éleva la main comme pour protester.

« Je ne dis pas que c'est facile, mais que c'est possible, répondit-il en russe. Lénine est conservé depuis plus de soixante-dix ans et sa momie est en bon état. La structure cellulaire et l'information génétique ont été préservées. Dès lors...

– Dès lors, on peut tout imaginer, l'interrompit aussitôt Fayois, en passant à une autre petite fiche. Jean-Paul II serait sûrement intéressé par un clone de sainte Bernadette. Je vous suggère, Pr Bykov, d'aller examiner sa momie à Nevers. Il paraît qu'elle n'est pas mal non plus. »

Un rire parcourut l'assistance.

– Ça va voler haut, grommelai-je.

Quand la télé est con, c'est seulement con. Quand elle veut avoir l'air intelligent, c'est déprimant. Tandis que je me faisais ces réflexions de grande portée, mon téléphone sonna. Je laissai mon ordinateur coréen bouffer le message de mon correspondant, sans me douter un instant que la vie de Juliette était en cause et que, sur mon fil, j'allais basculer.

« Professeur Vorillon, le clonage, pour ou contre ? questionna Fayois à brûle-pourpoint.

– Il faudrait d'abord savoir si ce qui s'est fait sur l'animal est réalisable sur l'homme », répondit le professeur.

Vorillon était heureux, sous les éclairages de la télévision. Il en crevait de vanité repue.

« Ce sera techniquement envisageable dans quelques années, intervint le célèbre généticien

Abel Canne. On peut tout à fait imaginer que des médecins prélèvent des cellules de la peau soit sur le père, soit sur la mère et utilisent la méthode Dolly pour obtenir un clone soit du père, soit de la mère. D'ailleurs... »

Vorillon avait jeté un regard haineux sur celui qui lui avait ravi la lumière.

« Permettez, Abel Canne, dit-il en forçant la voix comme s'il souhaitait le contredire. La méthode Dolly n'est pas la seule possible. Il sera plus aisé de faire du clonage horizontal.

– Oh là, c'est quoi ça ? s'affola Gérald Fayois qui avait peur qu'une discussion trop technique ne poussât le téléspectateur à zapper.

– Mais c'est très simple, le rassura Vorillon. Il suffit de diviser l'embryon dans les premiers jours de sa vie. Un jeune Américain de treize ans a réalisé l'expérience chez lui sur des grenouilles ! On peut cloner des embryons. »

Je me levai brusquement de ma chaise.

– Mais c'est ce qu'il fait ! m'écriai-je. A, A', c'est ça !

Gérald Fayois s'agitait sur son plateau.

«Vous voulez dire qu'on peut déjà fabriquer des sosies en laboratoire, au stade de l'embryon? On peut aussi les implanter...

– Les implanter, les congeler...» suggéra Vorillon.

– C'est ce qu'il fait! m'écriai-je de nouveau. Il a congelé une petite Adrienne *bis* et il va l'implanter dans l'utérus de Mme Passerin. La même petite fille que celle qui est morte, vous comprenez, Claude? Un enfant meurt? Qu'à cela ne tienne! On le remplace. Par le même.

Le généticien Abel Canne s'agitait lui aussi sur son siège. Non, non, ce n'était pas si simple techniquement parlant. Ce n'était pas encore réalisable et ce ne serait jamais réalisé.

«Pourquoi? le questionna Fayois.

– Mais c'est la porte ouverte à toutes les monstruosités, lui répondit M. Canne. On clonerait un enfant pour pouvoir le remplacer en cas de décès. Ou bien si l'enfant qui est né tombe malade, on pourrait se servir de l'embryon congelé pour prélever des tissus sains. L'être humain deviendrait une banque d'organes, un réservoir de tissus...

– Et pourquoi pas? le provoqua Vorillon. Qu'est-ce qui l'interdit? Où est la loi qui l'interdit? Montrez-moi la loi...»

Il bravait les caméras et, par-delà les caméras, il bravait des millions de gens, des millions de consciences. Soudain, comme s'il comprenait qu'il s'était avancé à découvert, il se reprit:

«Je suis tout à fait d'accord avec M. Canne: ce n'est pas réalisé et c'est tout à fait condamnable, même si aucune loi ne l'interdit. Mais, techniquement...»

Ses yeux étincelèrent:

«... c'est réalisable.»

J'éteignis mon poste à 22 heures, détenteur de cette précieuse information: 12% des téléspectateurs de TF1 souhaitaient se faire cloner. C'était toujours moins que leurs intentions de vote pour Le Pen.

– Qu'est-ce que vous faites? me demanda Claude.

J'étais en train d'empiler des chemises dans une valise.

– Je vais à Bordeaux. Vous savez vous servir d'un ordinateur coréen, Claude?

– Pas de problème, chef.

– Alors, trouvez-moi les horaires des TGV sur le Minitel.

J'eus envie de lui demander de me faire écouter le message téléphonique qui venait d'être enregistré. Puis, je pensai à autre chose. Ma brosse à dents, je crois.

– 23 h 55, chef! cria Destre du salon. On arrive à 3h16.

Je passai la tête par la porte:

– Qui ça, «on»?

Le taxi nous déposa en avance à la gare Montparnasse.

– Je vous prends une revue, m'sieur Hazard?

– *Jeune et jolie*, répondis-je, soucieux.

Tout le long du trajet, il m'avait semblé qu'un taxi nous avait suivis. Mais il avait continué sa route. Quelque chose m'oppressait. Pourtant, j'avais mon fox et mon cran d'arrêt. *A priori*, j'étais invulnérable.

– Je n'aurais jamais dû m'encombrer de vous, grognai-je en regardant Claude. Vous savez vous battre, au moins ?

– Pas de problème, chef. À l'école, c'est toujours moi qui faisais Bioman, à la récré.

La gare Saint-Jean, à 3 h 16 du matin, est tout sauf accueillante. Quant à la rue Rosa-Bonheur, elle était déserte et figée dans la nuit, comme savent l'être les petites rues de province.

Nous fîmes le tour du blockhaus des laboratoires Vorillon. Comment pénétrer dans cette forteresse ? Il y avait sûrement des alarmes, peut-être un veilleur de nuit. Je posai les mains à plat sur la porte électrique et je sentis presque aussitôt une vibration. La porte s'ouvrait !

– Vite ! En arrière, soufflai-je à Claude.

Nous nous repliâmes sur la rue Ernest-Renan. La porte était maintenant complètement ouverte. Le diesel d'une camionnette ronronnait dans la cour.

– Tenez Tod par le collier, murmurai-je à Claude.

Me fondant aux murs des maisons, je me rapprochai de l'entrée des Laboratoires. Le chauffeur était descendu de voiture sans arrêter le moteur. Je reconnus le petit voyou qui m'avait agressé et que Tod avait mis en fuite. Il semblait attendre quelqu'un.

– Qu'est-ce qu'il y a ? lança-t-il.

Je m'approchai encore pour voir son interlocuteur, au risque d'être découvert.

– Enlève la dernière cuve, répondit un homme en qui je crus reconnaître le chirurgien.

J'entendis des bruits de heurts et de raclements. Pas besoin de s'avancer davantage pour savoir ce qu'ils manipulaient. Combien y avait-il de cuves d'embryons dans la camionnette et où les emportait-on, ces Paul et Virginie congelés, ces petits Dorian en paillettes? Pour quel usage? Personne ne réclamerait ces embryons clonés, ces doubles de petit Passerin ou Lebrun ou Dupond ou Durand. Officiellement, ils n'existaient pas. On pouvait payer des femmes pour qu'elles les mettent au monde dans la clandestinité de quelque pays lointain. On pouvait en faire des esclaves, des soldats, des banques d'organes, des réservoirs de sang. Ils n'existaient pas. On pouvait les enfermer, les livrer à des maniaques, les torturer, les vendre. Ils n'existaient pas. J'étais le seul à pouvoir dénoncer ce trafic.

Il valait mieux que je me retire discrètement et que je me protège. J'avais fait deux pas à reculons quand je vis passer Tod comme une flèche. Je retins un cri.

Mon fox courait sus à l'ennemi. Il avait reconnu le voyou et voulait de nouveau lui régler son compte. J'entendis simultanément les grondements enragés de Tod et les jurons de la petite frappe.

– Ne tirez pas ! l'adjura le chirurgien.

Je compris que Tod allait y laisser sa peau de chien. L'homme était armé. Je devais rappeler mon fox. Tant pis pour l'incognito.

– Tood !

Le coup de feu partit. Kaï, kaï... mon chien rappliqua. Blessé ? Je n'avais pas le temps de vérifier. Claude accourait à notre secours.

– Demi-tour ! dis-je en le bousculant. On court, on ne pense pas !

Nous courûmes dix minutes au hasard, sans un mot, sans savoir si nous étions poursuivis.

– Peux plus, râla Claude en s'effondrant sur un mur.

J'écoutai la nuit. Nous étions seuls. Je me baissai pour palper mon chien. Mes mains se couvrirent de sang. La balle avait traversé une oreille. J'étais furieux contre Destre qui n'avait pas su retenir Tod. Je me redressai, mais le voyant si pâle à la lumière du lampadaire, je renonçai à l'engueuler et me contentai d'une tape sur la joue:

– Ça va, Bioman?

Je fis soigner mon chien par le premier pharmacien de garde qui ouvrait et auquel je racontai une histoire d'accident de chasse. Nous tombions de sommeil, Destre et moi, et nous nous effondrâmes sur les chaises d'un McDonald's, avenue de la Libération.

– On n'a pas pensé à relever le numéro de la plaque d'immatriculation de la camionnette, me dit Claude, sur un ton de reproche.

– C'est sûr. Et on n'a pas attaqué le laboratoire aux gaz lacrymo. On est un peu des amateurs...

La camionnette était loin, à présent, avec son chargement d'embryons. Tous les clients du Pr Vorillon devaient contribuer à ce trafic, à leur corps défendant. À certains d'entre eux, «M. X» proposait un service après-vente, sans doute très coûteux: un embryon jumeau, utilisable en cas de décès. La loi ne l'interdisait pas, du moins pas encore, mais « M. X » exigeait le silence sur cette pratique, parce qu'elle en cachait d'autres, celles-là interdites.

– Peut-être qu'on se sert d'embryons comme de souris de laboratoire ? me demanda Claude.

– On a arraché des yeux à des enfants du tiers monde pour les revendre, on a expérimenté des médicaments sur des orphelins en Australie en les rendant malades. Tant que la loi de ce monde sera l'argent, tous les cauchemars réalisables seront tôt ou tard réalisés.

– *Cash rules everything around me**, murmura Claude.

Soudain, il se releva.

– Je vous commande un McMorning, chef ?

– J'aurai vraiment tout subi, cette semaine.

Mais le pire était à venir.

* « Le fric gouverne tout autour de moi. » Les initiales forment CREAM, titre du morceau des rappeurs du Wu-Tang Clan dont cette phrase constitue le refrain.

6
Quatre ?

Il y avait un homme sur mon palier. Je sortis mon cran d'arrêt et Tod se mit à gronder. L'homme se plaqua contre le mur.

– Qu'est-ce que tu fais là ?

– Je venais voir M. Hazard, balbutia le pauvre type.

Peut-être étais-je devenu trop nerveux ?

– Qui êtes-vous ? demandai-je, toujours méfiant.

– Patrice Passerin, le père de…

Je secouai la tête avec un soupir et je rengainai mon cran d'arrêt.

– Je suis monsieur Hazard. Mais je commence à fatiguer. Entrez.

M. Passerin n'en menait pas large. Après toutes ces nuits blanches, je devais avoir une mine sinistre. Quant à mon fox, il avait le look du clebs qui passe ses soirées dans des endroits louches. En franchissant mon seuil, M. Passerin eut un haut-le-corps de surprise.

– Oui, ce n'est pas trop rangé, dis-je en enjambant un fauteuil puis une étagère. Vous savez ce que c'est, les célibataires...

Soudain, je me révoltai :

– Et puis c'est votre faute ! C'est la faute de cette foutue lettre !

Patrice Passerin se frictionna les tempes, puis resta un moment une main voilant ses yeux.

– C'était une folie, murmura-t-il enfin.

Comme il n'osait pas me regarder, il parut s'adresser à mon chien :

– Nous sommes tombés entre les mains de ces gens. Ils sont fous. Ils jouent avec la vie. C'est ma femme... Elle voulait tellement cet enfant. Rien n'était trop cher. Quand ils nous ont proposé de cloner l'embryon pour avoir une chance de plus, on a accepté. Après la mort de notre petite fille, je leur ai envoyé un faire-part de décès. Nous étions désespérés. Ils avaient le clone d'Adrienne dans une cuve, vous comprenez ? Ils pouvaient ressusciter notre petite fille !

Sa voix tremblait, ses yeux égarés sautaient d'un point à un autre.

– Je pensais qu'ils allaient nous téléphoner, reprit-il, mais Gabrielle a donné l'accord du laboratoire par retour du courrier. C'était une erreur de sa part et je crois que, depuis, ils ne lui font plus confiance.

Je m'assis dans ce qui restait de mon canapé. Passerin ne semblait pas au courant du trafic d'embryons. D'ailleurs, pourquoi M. X lui en aurait-il parlé ?

– Je suis prêt à vous dédommager, monsieur Hazard. Mais je crois qu'il vaudrait mieux leur rendre la lettre et les laisser tranquilles. Ils sont dangereux.

Je l'observai. Savait-il à quel point ils étaient « dangereux » ?

– Vous vouliez une deuxième fille ? demandai-je.

Il tressaillit.

– Non. Ma femme aurait préféré un garçon.

– Vous savez qu'on peut connaître le sexe d'un embryon avant de l'implanter, lui signalai-je. C'est ce qu'on appelle le diagnostic pré-implantatoire de sexe. C'est interdit en France, mais autorisé en Belgique…

– Ah ?

Il n'avait pas l'air de voir où je voulais en venir. Mais moi, je me souvenais de toutes ces photos de fillettes punaisées sur les murs des laboratoires Vorillon.

– Pourquoi se cachent-ils ? dis-je. Pourquoi cachent-ils leur activité ? Le clonage horizontal n'est pas interdit par la loi.

– Ils ont peur du scandale. Nous non plus, nous ne souhaitons pas que cela se sache. C'est une idée qui choque de mettre en réserve un double de son enfant.

– De quel côté êtes-vous?

– Du vôtre, monsieur Hazard. Et j'ai peur. Rendez-leur la lettre.

Je lui souris tranquillement. J'étais shooté de fatigue, indifférent.

– OK, monsieur Passerin. Je leur rendrai la lettre et, en attendant, je vais faire dodo.

Après l'avoir mis à la porte, je me barricadai avec quelques meubles brisés et je m'allongeai sur mon lit, tout habillé, le cran d'arrêt à la main, Tod serré contre moi. Je dormis tout le dimanche après-midi, puis j'avalai une vague pâtée en même temps que mon chien. Je mis à profit la soirée et une partie de la nuit pour ranger. En réalité, je fis surtout des aller-retour de mon appartement à la cave, les deux tiers du mobilier étant hors d'usage. Au petit matin, après avoir remplacé le verrou de l'entrée par un crochet très rudimentaire, j'allai de nouveau m'effondrer sur mon lit. Ne pas dormir abrutit, dormir trop abrutit aussi. J'étais donc totalement hébété à mon second réveil, ne sachant plus s'il faisait jour ou nuit, ni du reste quel jour on était.

– Lundi midi, on est lundi midi, dis-je en ouvrant les robinets de la douche.

Ma première pensée vraiment consciente fut pour Catherine. Comme par un fait exprès, on sonna chez moi à ce moment-là et :

– Catherine !

Elle me parcourut du regard. J'étais en peignoir, pieds nus, pas rasé, et le cran d'arrêt à la main.

– Bonjour, me dit-elle. Je suis un peu chargée.

Elle portait un couffin qui était probablement garni d'un bébé. Je la laissai entrer. Elle ne fit aucun commentaire sur mon appartement presque vide, la moquette tachée, les livres en tas. Elle posa simplement le couffin sur l'endroit qui semblait le plus propre.

– Alors, on va voir sa fille en cachette ? me dit-elle.

Je fronçai les sourcils, ne saisissant pas tout de suite l'allusion.

– Vous avez assisté à son bain, me rappela Catherine. Je l'ai su par la sage-femme… Vous pourriez reposer ce couteau ?

Mes raisonnements étaient un peu lents. Pendant quelques secondes, mes yeux allèrent alternativement du couffin au ventre de Catherine.

– Vous êtes toute plate, dis-je stupidement.

– Gymnastique postnatale, fit Catherine, en tapant fièrement sur ses abdominaux. Vous tenez vraiment à garder ce cran d'arrêt ?

Je le posai sur mon bureau, la lame toujours sortie.

– Vous êtes… diablement jolie, dis-je en m'approchant de Cathy.

Elle ressemblait à la jeune étudiante que j'avais draguée. En somme, il ne s'était rien passé. Presque rien.

– Au fait, je voulais vous demander, Cathy… Juliette, c'est bien ma fille ?

– Votre fille ? répéta Catherine, comme si elle ne comprenait pas le sens de ma phrase.

– Oui, dis-je, certain qu'il s'agissait d'une question très naturelle, vous ne l'avez pas eue avec un autre homme ?

Si on faisait une échelle de 0 à 10 pour évaluer la force des gifles, celle que je me pris était de force 9.

– Vous avez d'autres questions ? me demanda Catherine.

– Pas pour le moment.

Il n'y a rien de tel que le dialogue dans le couple.

– Excusez-moi, Catherine, je vais me passer la figure sous l'eau.

– Je vous en prie.

Quand je revins, encore un peu sonné, je retrouvai Cathy à genoux devant mon lit, en train de mettre une couche propre au bébé. Elle avait sorti tout un petit matériel coloré, sans doute indispensable pour l'opération, mais que j'identifiais mal.

– Passez-moi les toilettines, Nils.

– Les ?

– Mais merde, ce machin sur lequel vous êtes assis !

Mon fox avait fini sa sieste et reniflait le couffin. Je craignais un peu ses réactions. C'est un chien assez possessif.

– Maintenant, Nils, vous allez tout me raconter.

– Vous croyez ?

Elle avait déboutonné son corsage.

– Vous allez nourrir la petite ? m'informai-je, assez énervé.

– Ne détournez pas la conversation. Qu'est-ce que c'est, ce chambard dans votre appart ?

Juliette, encore plus énervée que moi, cherchait à attraper le sein de sa mère.

– Alors ?

Je racontai tout, en commençant par ces mots : « Je voulais savoir ce qu'on vendait aux laboratoires Vorillon. » Je finis ainsi : « Donc, ils font du trafic d'embryons. » Dans le silence qui suivit, on entendit le petit bruit de succion du bébé, aussi horripilant que le cliquetis des aiguilles à tricoter.

– À votre idée, c'est bon, le lait ? demandai-je innocemment.

Catherine plissa le nez :

– Je vous vois venir.

Contre toute attente, elle me colla le bébé dans les bras.

– Vous mourez d'envie de faire connaissance avec votre fille.

Juliette se mit à faire une drôle de tête.

– Mais tenez-la ! me houspilla Cathy. Vous voyez bien qu'elle a peur d'être lâchée.

La petite chose me dévisageait avec des yeux à n'en plus finir. Je la regardai pareillement, sans ciller. Lequel de nous deux se fatiguerait le premier ?

– Elle est canon, hein ? chuchota Catherine, assez contente d'elle-même.

Les paupières de Juliette s'abaissèrent lentement, mais elle les releva. Ses iris partaient comme des ballons bleus montant dans le ciel. Après quelques instants de lutte, elle dormait.

– Vous l'avez hypnotisée, me dit Cathy en la reprenant.

Je ne demandais qu'à en faire autant avec la maman. Mon chien s'était approché du couffin et reniflait Juliette, la tête posée sur le rebord en osier. Le fox est une race connue pour être jalouse. On lit régulièrement dans le journal des histoires de bébés dévorés par des chiens.

– Doucement, Tod, c'est mon bébé.

Tod me regarda et jappa une fois comme pour me dire: «Je suis au courant, mec.» Puis il se coucha le long du couffin, le museau entre les pattes. J'étais un peu déçu. Je lui aurais cru plus mauvais caractère.

– À présent, vous allez m'écouter, me dit Catherine, en m'agrippant par le peignoir et en me secouant. Vous allez laisser tomber cette histoire de laboratoire qui ne vous concerne pas et vous occuper de vos propres affaires. J'en ai par-dessus la tête de vous courir après ! Vous allez déménager pour que M. X perde votre trace et vous prendrez un appartement plus grand pour nous quatre.

Quatre ? Ça faisait Tod, Cathy, Juliette et moi.

– Je ne sais pas si mon chien va bien supporter ça, commençai-je. Les fox sont connus pour être jal…

– Tu veux te manger une autre claque ?

La brutalité de Catherine a quelque chose de vraiment séduisant.

– Je veux ce que tu veux, capitulai-je.

Nous nous laissâmes aller tous les deux sur le lit. Ouin, ouin. Le petit machin dans le couffin lança un signal d'appel.

– Attendez, murmura Catherine en s'arrachant à moi. Juliette a un problème.

Je me retournai à plat dos sur le lit, découragé. On m'en veut. Ça ne s'explique pas autrement.

– Qu'est-ce qu'elle a, ma jolie ? roucoulait

Catherine au-dessus du couffin. Elle a envie de voir son vilain papa, c'est ça?

Je reçus un petit paquet tout chaud sur la poitrine.

– Vous lui manquez déjà, m'assura Catherine.

J'avais deux solutions: faire la tête ou prendre les choses comme elles venaient. Je choisis la deuxième option et, à l'instant même, la crispation nerveuse accumulée ces derniers jours céda la place à un bien-être inconnu. Ma femme. Ma fille. Que me manquait-il? Tod se crut autorisé à venir nous rejoindre. Mon chien. Je soupirai d'aise et je m'assoupis de nouveau au milieu de ma nichée.

Le ronronnement du diesel m'éveilla en sursaut. La camionnette était dans la cour. Heureusement, j'avais toujours mon cran d'arrêt à portée de main. Je me dirigeai vers la fenêtre, me dissimulant derrière le rideau. M. X était au volant. Il n'était donc pas encore revenu à Bordeaux. Mais qui était à côté de lui? Gérald

Fayois, le présentateur vedette de TF1. Ils étaient complices ? Mais alors, le sondage qu'ils avaient fait auprès des téléspectateurs, c'était pour se constituer un fichier des gens désireux de se faire cloner... Gabrielle venait d'ouvrir le hayon de la camionnette. Je retins mon souffle. Une petite fille sortit du coffre, puis une autre, puis une autre... Elles étaient toutes semblables, des petites brunes aux yeux bleu nuit.

– Qu'est-ce qu'on fait des Juliette ? demanda la voix ensommeillée de Gabrielle.

– Vous les mettez dans les cuves, répondit M. X.

Renonçant à me cacher, je tirai le rideau et m'écriai :

– Non, Juliette, non ! Laissez-les, laissez-les !

Je m'éveillai brusquement. J'avais tout le côté droit ankylosé, Catherine s'étant endormie sur mon épaule. J'avais un poids sur la poitrine que j'identifiai comme étant Juliette et un autre sur les jambes. C'était Tod. Un seul mouvement et tout ce petit monde s'ébrouait, en bâillant, braillant, jappant. Je restai donc immobile, les yeux fixés au plafond, me laissant gagner par la paralysie. Mais mes pensées couraient. Abandonner ces Dorian en paillettes, ces Juliette congelées? C'était impossible. La camionnette roulait toujours, s'enfonçant dans la nuit. Et je devais l'arrêter.

*

* *

«10 heures! Les informations avec Gilles Durand!»

J'étais en retard pour mon premier cours de la journée et Tod me suivait partout avec des yeux bien malheureux pour que je n'oublie pas d'aller le faire pisser.

«Un nouvel espoir vient de naître pour les malades atteints de la terrible maladie de Parkinson, annonça Gilles Durand. Grâce à des greffes de neurones, des neurones prélevés sur des embryons...»

Je me rapprochai du poste de radio, intrigué.

« Dr Moncel, bonjour, poursuivit Durand, saluant son invitée du jour.

– Bonjour.

– Des embryons utilisés pour des greffes, cela vous choque ou pas ? »

Oubliant mon retard, je m'accotai à mon bureau pour écouter. Le Dr Moncel, c'était la mère de Pauline, la gynécologue que j'avais « consultée ».

« Pour l'heure, expliqua la gynécologue, quinze malades ont bénéficié de cette greffe de neurones. À court terme, ils s'acheminaient vers la paralysie. Ils sont en train de retrouver une partie de leur mobilité. C'est un grand espoir pour tous les malades et leurs familles. Votre question, c'est sans doute : jusqu'où peut-on aller dans l'utilisation de l'embryon humain ?

– Non, rectifia Durand avec brutalité. Ce que je vous demande, c'est : a-t-on le droit de considérer l'embryon comme une banque d'organes, un médicament ou un objet d'expérimentations ? »

Le Dr Moncel se lança dans un discours assez embrouillé que le journaliste ne cessait d'interrompre. La question était de savoir si l'embryon humain devait être traité comme un être humain ou si, pendant une certaine période difficile à délimiter, l'embryon n'était finalement qu'une « chose ».

« Nous nageons en pleine contradiction, conclut le Dr Moncel, très embarrassée. On interdit l'expérimentation sur un embryon qui a quelques jours d'existence et on continue d'autoriser les femmes à avorter, c'est-à-dire à avoir droit de mort sur le fœtus, jusqu'au troisième mois. La logique voudrait qu'on autorise les deux ou qu'on interdise les deux. »

J'éteignis mon poste, rêveur. On interdit, mais on fait quand même. Où les scientifiques et les laboratoires pharmaceutiques se procurent-ils les embryons qui permettent la mise au point de nouveaux médicaments ou l'essai de nouvelles techniques ? Oubliant définitivement mes étudiants, je m'assis devant mon ordinateur. J'allais écrire anonymement à la police pour dénoncer les activités du laboratoire Vorillon.

– Alors, Robert, marches-tu encore? dis-je à mon ordinateur coréen.

J'avais décidé de le baptiser Robert pour mieux l'acclimater. Mais Robert n'était pas de bonne humeur. J'eus beau cliquer comme un malade sur toutes les icônes, je ne parvins pas à entrer dans mon traitement de texte. Soudain, j'entendis la voix de Catherine qui s'énervait:

– Mais Nils, où êtes-vous? J'ai besoin de vous parler. Rappelez-moi.

Mes messages. J'avais délivré les messages enfouis dans l'ordinateur.

J'eus donc le plaisir de me faire engueuler trois fois par Cathy. Puis:

– Monsieur Lebrun? fit une voix feutrée. Méfiez-vous. Ils savent que vous avez une fille. Protégez-la.

Je regardai Robert, terrifié. C'était un message de Gabrielle. Mon ordinateur l'avait stocké ce samedi soir où passait l'émission de Gérald Fayois. Nous étions mardi. Tant qu'elle était à la maternité, Juliette s'était trouvée en sécurité. La veille, elle était chez moi. Maintenant, où était-elle ? J'attrapai mon téléphone.

– Catherine ?

– Oh, Nils, je venais juste de me rendormir, gémit mon amie, à l'autre bout du fil.

– Où est Juliette ?

– Mais... là.

– Avec vous ?

– Oui. Avec... Enfin, non, maman me l'a prise pour que je dorme un peu. Vous comprenez, elle a pas mal pleuré, cette nuit.

– Allez vérifier que Juliette est chez vos parents.

– Mais je suis en pyja...

– Allez vérifier ! hurlai-je.

Un silence.

– Bon, me dit-elle.

J'essayai de me repasser mentalement le message de Gabrielle. Je n'en étais plus capable.

L'horrible pressentiment m'écrasait. Comme si j'allais payer d'un coup mon irresponsabilité, mon égoïsme, toutes ces petites mesquineries dont j'entourais ma vie comme d'autant de fils barbelés.

– Nils ? Oui, je suis descendue. Maman est sortie promener Juliette.

– Ne bougez pas. J'arrive.

– Mais…

Un quart d'heure plus tard, je déboulai hors d'haleine chez Catherine.

– Elles sont rentrées ? haletai-je.

Cathy affectait le plus grand calme, mais elle était blême.

– Qu'est-ce qui vous prend ? Pourquoi vous mettez-vous dans cet état ?

– Où ont-elles pu aller ?

Cathy haussa les épaules.

– Dans le quartier. Souvent, elles font une petite halte au square des Blancs-Manteaux.

Tod s'était approché du couffin et le reniflait. Je l'observai. Et si ce chien qui m'avait souvent servi de garde du corps avait été dressé au pistage par son précédent propriétaire ?

– Tod, cherche, cherche le bébé.

Je m'étais accroupi et je lui tendais le drap de Juliette.

– Cherche, cherche.

Mon fox agita la queue et aboya, ses yeux dans les miens. Je lui ouvris la porte en répétant :

– Cherche, cherche…

Il descendit les escaliers, hésita un instant une fois sur le trottoir, puis partit en courant. Un peu plus loin, il s'arrêta et m'appela d'un jappement. Catherine nous suivait péniblement. Nous arrivions au square des Blancs-Manteaux.

– En principe, elles sont là, me dit Cathy, le souffle désordonné.

Mais le petit jardin était vide. Mon amie poussa un gémissement d'angoisse. Mon fox aboyait à la grille, nous invitant à continuer.

– Cherche, Tod!

Il se planta devant la porte de l'église des Blancs-Manteaux, à deux pas de là, et il jappa gaiement. Je commençais à douter des capacités de mon chien.

– Mais venez, entrons, me supplia Catherine.

L'église me parut d'abord aussi déserte que le square. Mais un petit couinement me fit dresser l'oreille. Tod, lui, s'éloignait dans la nef transversale. Il s'immobilisa à la grille d'une des chapelles. Le couinement était de plus en plus insistant. C'était le bruit d'un landau qu'on secoue pour bercer un enfant. Mme Roque était là, devant la statue de sainte Thérèse. Elle venait d'allumer un cierge, probablement pour demander à la sainte de me rapatrier dans les meilleurs délais. Catherine me dévisagea et murmura :

– C'était intéressant, comme exercice. La prochaine fois, on fait une alerte au feu ?

Mme Roque, éberluée, s'était aperçue de

notre présence dans son dos. Juliette dut, elle aussi, deviner quelque chose, car elle se mit à chouiner.

– J'allais lui donner son biberon, indiqua Mme Roque. Au fait, bonjour, heu, Nils.

Je me tournai vers Cathy :

– Un biberon ?

– Allaitement mixte, me répondit mon amie. C'est un conseil de la sage-femme à la maternité. L'allaitement au sein exclut trop le vilain papa. Asseyez-vous.

Elle me désignait un prie-Dieu. J'obéis et, sous une Vierge à l'Enfant, je donnai son biberon à Juliette. J'étais tellement soulagé que je ne fis aucun de mes commentaires imbéciles. De temps en temps, je jetais un regard admiratif sur Tod qui gardait un air de grande modestie, à la lueur des cierges.

Après avoir largué Mme Roque, je pus expliquer mes inquiétudes à Catherine.

– J'ai reçu des menaces concernant Juliette. Il n'est plus question que je vous laisse toutes les deux, loin de moi. En attendant que je déménage, vous allez vous installer chez moi.

Cathy se mordillait les lèvres en m'écoutant. Indécise, elle interpella le couffin de sa fille :

– Dis, Juliette, tu crois qu'on va supporter ton vilain papa et son horreur de chien ?

Elle m'agaçait à me traiter de « vilain papa ». La gamine en prendrait une mauvaise opinion de moi. Catherine plissa le nez et conclut de façon inattendue :

– Merci, M. X !

Le message de Gabrielle me revint alors en mémoire : « Méfiez-vous. Ils savent que vous avez une fille. Protégez-la. »

Oui, je la protégerai. Aucun démon ne frôlera son sommeil. Dors, Juliette. Une petite fille qui dort, c'est comme le feu dans la cheminée, comme la pluie qui dessine des chemins sur la fenêtre. On pourrait regarder pendant des heures sans bouger. Mais mes pensées courent devant.

Sur les murs des laboratoires Vorillon, il y a

des photos de petites filles et, sur l'étagère, des poupées russes. Tout un tas de poupées qui s'emboîtent. Comme un secret en cache un autre, puis un autre.

7
M. XX

Je lus à voix haute l'article 511-17 du Code pénal :

– « Le fait de procéder à la conception *in vitro* d'embryons humains à des fins industrielles ou commerciales est puni de sept ans d'emprisonnement et de 700 000 francs d'amende. »

Je relevai la tête pour guetter quelque réaction chez Catherine. Elle était dans ma chambre, en train de réessayer toute son ancienne garde-robe. Elle poussait un cri de triomphe chaque fois qu'elle l'emportait sur une fermeture Éclair.

– Ah, celui-là, je l'adore, me répondit-elle,

non pas à propos de l'article 511-17 mais d'un horrible caleçon vert pré.

Je passai la main sur mes yeux en soupirant. Non, je ne vais pas la supporter 24 heures sur 24.

– Sept ans de prison, c'est ce que risque M. X, insistai-je. Si je le dénonce.

– Ah oui? fit Cathy en enfilant un jean troué aux fesses. Sexy, ça, non?

J'étais assis sur mon lit, attendant la fin de la séance. Tod, plus blasé, s'était assoupi. Catherine se laissa tomber près de moi et m'embrassa avec la vivacité de l'oiseau qui donne un coup de bec.

– J'y vais.

– Où?

– À ma gym. En cas de besoin, j'ai préparé un biberon.

– Pour?

– Devinez. Ça commence par J, ça finit par E et vous en êtes le père.

L'oiseau s'envola. Elle se fout de moi, c'est net. J'attrapai ma revue *Archeologia* au pied du lit et je me mis à lire. Tod qui s'était éveillé enfonçait spasmodiquement sa patte dans ma cuisse. C'est sa façon de me signaler qu'il en a marre de me voir absorbé. Je lui rabattis le museau d'une tape:

– Arrête.

Quelques minutes plus tard, de l'autre côté de la porte, le ouin-ouin se déclencha. Je lui aurais bien appliqué le même traitement qu'à Tod.

– Il va falloir que je la dresse, celle-là, pestai-je en me replongeant dans ma lecture.

J'eus la tentation de me brancher du rap directement dans le cerveau. Les cris d'un enfant, c'est quelque chose de terrifiant. Je me relevai et m'approchai du couffin. Juliette était cramoisie de rage sous la couette. Mon fox se mit à pousser des petits cris de frayeur, en m'interrogeant du regard.

– M'énervez pas tous les deux! hurlai-je. Je suis totalement incompétent! Alors, ça va être n'importe quoi!

L'étruscologie vous prépare mal à ce genre de situation. J'allai prendre le biberon, j'attrapai Juliette et je tentai de faire se rencontrer les deux. Au lieu de boire, mon idiote de fille fit semblant de ne pas trouver la tétine et continua de se tortiller en braillant. Tod trépignait, lui aussi, et je compris ce qu'il essayait de me dire depuis un quart d'heure :

– Tu te retiens, ordonnai-je à mon chien.

Puis je pinçai le nez de Juliette pour la forcer à ouvrir grande la bouche et je lui collai la tétine. D'un coup d'œil involontaire autour de moi, je m'assurai que personne ne m'avait vu faire. Juliette s'étouffait, mon chien pleurnichait.

– Je vais tout balancer par la fenêtre, murmurai-je, sentant craquer ma trop fragile armure.

Tod fit mine de plier l'échine pour…

– Ah, non, pas ça !

Je me redressai, je fourrai môme et biberon dans le couffin, la couette par-dessus, et je sifflai mon chien. Quelques secondes plus tard, j'étais sur le trottoir, Juliette hurlant au bout de mon bras. Tod trottinait, reniflant le pied des réverbères, faisant le difficile.

– Mais dépêche-toi! gueulai-je.

Je finis par m'asseoir sous un Abribus pour nourrir Juliette dans son couffin. Elle détournait systématiquement la tête quand j'avançais la tétine et d'énormes larmes jaillissaient de ses yeux.

– Mais je la fous sous l'autobus, dis-je, complètement hagard.

Tod revint vers moi, le trottinement léger. Le biberon giclait de partout. Ma fille aussi. L'autobus arrivait.

– On rentre, dis-je précipitamment.

Mais mon fox, après m'avoir escorté un moment, s'immobilisa sur le trottoir et se mit à gronder, les crocs découverts.

– Qu'est-ce qu'il a encore, ce clebs?

Je regardai dans la même direction que Tod Sous un porche, il y avait un homme accoté à un mur. Il s'en décolla à l'instant où je le vis et s'éloigna. Non, ce n'était pas le voyou que Tod avait attaqué deux fois. C'est en rentrant chez moi que je compris. Tod avait identifié l'homme à son odeur, l'odeur qu'il avait laissée dans mon appartement, après l'avoir saccagé. Je jetai le couffin à terre en entendant sonner à ma porte. La lame jaillit de mon cran d'arrêt.

– Il me faudrait un double de votre clef, me dit Catherine, en détournant la lame pointée sur elle.

Elle s'approcha vivement de Juliette.

– Vous l'avez changée ? me dit-elle.

– En quoi ? balbutiai-je.

Renonçant à toute explication, Cathy se mit à déshabiller sa fille. En fait, elle n'avait pas faim, elle était sale. Je m'éloignai vers la fenêtre et regardai la rue. « De toute façon, pensai-je, il y aura d'autres autobus demain. » Je m'enfonçai dans une rêverie morose. Une main se posa sur mon épaule. Je me retournai et secouai la tête, impuissant à décrire ce que je ressentais.

– Pas facile, hein ? m'encouragea Catherine.

Je fis l'effort de sourire.

– Pas vraiment. C'est quand elle pleure, je… panique.

La petite s'était calmée et, les yeux grands ouverts, elle avait l'air d'écouter le monde autour d'elle. D'écouter avec les yeux.

– Je ne supporte pas que quelqu'un dépende de moi, dis-je à regret.

– Alors, j'ai fait une sacrée bêtise avec ce bébé, reconnut Catherine.

Elle rassembla les anses du couffin et le souleva.

– Qu'est-ce que vous faites ? m'inquiétai-je.

– Je rentre chez moi.

– Mais non ! Ça va… s'arranger.

Je tentai de lui reprendre les anses du couffin. Elle tira de son côté, moi du mien. C'était une curieuse façon de bercer un enfant.

– Catherine, dis-je pour qu'elle cède, nous

sommes surveillés. Il y avait un type en bas de chez moi qui faisait le guet.

– Oh, vous et vos salades !

Mais, au moins pour ce soir-là, elle resta.

– M'sieur Hazard...

Claude Destre et Pauline Moncel avaient patiemment attendu que tous mes étudiants aient quitté la salle de cours, ce vendredi matin.

– Pauline connaît Mireille, me dit Claude, sautillant d'un pied sur l'autre, tout excité. Enfin, c'est surtout la mère de Pauline qui connaît Mireille.

Je mis quelques secondes à établir la connexion. Mireille-laboratoires Vorillon-Pauline-Dr Moncel. Fin de connexion. La maman de Pauline qui est le Dr Moncel, gynécologue, connaît Mireille, biologiste aux laboratoires Vorillon.

– Elle s'appelle Mireille Lepetit, me précisa Pauline. Elle vient de temps en temps à la maison. C'est quelqu'un de super. Ma mère la connaît depuis Mai 68. Elles étaient dans la même fac, elles ont fait les manifs, les AG, les sit-in, enfin, la révolution, quoi !

Pauline sourit, pleine d'indulgence pour les frasques de sa maman. Je me tournai vers Claude Destre, agacé :

– Vous avez raconté à Pauline ce qui se passe aux laboratoires Vorillon.

– Maman dit que vous faites erreur, intervint Pauline. Vous avez dû mal interpréter ce que vous avez vu. Il n'y a pas de trafic d'embryons en France. Et le clonage des embryons, c'est techniquement impossible.

J'arrondis les yeux. Autant me dire que j'étais un menteur ou un débile mental.

– Mais, ma... mademoiselle Moncel, dis-je, bégayant d'indignation, le type qui m'a agressé, qui a tiré sur mon chien, je l'ai inventé ? Et le cambriolage de mon appartement ? Et la lettre ?

– Vous l'avez, cette lettre ? me demanda Pauline, sur le ton du flic goguenard.

– Mais je… Non, je l'ai brûlée.

– Dommage !

Bon, là, je vais m'énerver pour rien. Respire, Nils, souffle. Voilà.

– Alors, dis-je, votre maman est une vieille copine de Mireille Lepetit ?

– Oui et Mireille n'est pas DU TOUT quelqu'un que l'argent intéresse. D'ailleurs, elle est tout le temps sans le sou. C'est une femme très… comment dire ? Idéaliste. Justement, elle a horreur de la malhonnêteté, de la violence. Jamais elle ne se serait associée à des malfaiteurs. C'est du délire ! Le seul défaut de Mireille, c'est d'être trop exigeante avec elle, avec les autres. Ce monde l'écœure, les scandales politiques, les massacres à la machette, les pédophiles… Elle n'a pas voulu mettre d'enfant au monde parce que les hommes sont fous. C'est une pure, monsieur Hazard. Et je vous jure qu'elle ne fait pas semblant.

Je tentai une explication :

– C'est peut-être une naïve ?

Pauline eut ce sourire crispé que je lui connais bien : le naïf, c'était moi.

– De toute façon, si vous voulez voir Mireille, conclut Pauline, ça ne pose pas de problème. Elle vient à Paris, la semaine prochaine. Vous lui raconterez vos... histoires.

C'est horripilant, les premiers de classe. Pauline n'avait aucun doute. J'avais tort. Elle avait raison. Il ne lui restait qu'à m'en faire la démonstration.

– Que Mireille m'appelle quand elle sera là, répondis-je, furieux. À ce numéro.

Je tendis ma carte à Pauline.

– J'espère que je ne vous ai pas vexé ? persifla mon étudiante, comme si elle avait eu un vieux compte à régler avec moi.

Je rentrai chez moi, à grandes enjambées. « Mes salades », comme les appelait Catherine. « Vos histoires », avait dit Pauline. Bref, j'étais un mythomane. Et Claude qui n'avait pas bronché ! Il savait pourtant que je n'avais pas rêvé. Il avait entendu le coup de feu claquer. Protège-t-on de cette façon un chargement innocent ? Oh, j'entendais déjà la réponse : « C'est votre chien qui a attaqué de braves gens qui partaient en week-end ! » Patrice Passerin m'avait bien avoué qu'il avait fait cloner son enfant. Mais je ne me faisais pas d'illusions : il ne répéterait pas cet aveu devant témoins.

Qui faisait quoi, aux laboratoires Vorillon ? Le chirurgien prélevait les ovules sur les clientes, Gabrielle les triait, Mireille fabriquait des embryons par ICSI. Le clonage intervenait ensuite. Au dire du Pr Vorillon, Mireille était d'une « dextérité redoutable ». Dans l'équipe écossaise qui avait produit Dolly, William Ritchie, qui avait réussi la manipulation au microscope, était surnommé par la presse « le technicien aux doigts d'or ». Les doigts d'or, c'était Mireille qui les avait. Mireille ignorait-elle le commerce que M. X faisait des embryons qu'elle clonait ? Vorillon était-il le monstre et Mireille la pure ? Est-ce que le monde se partage ainsi ? Je fronçai les sourcils.

«Il y a une citation à ce sujet, pensai-je. "L'homme n'est ni ange ni bête"... Non, ce n'est pas cela.»

Une fois à la maison, je me mis à fouiller dans mes rayons de livres encore chamboulés. J'avais besoin de cette citation. C'était agaçant comme quand on a un nom sur le bout des lèvres et qu'on ne le trouve pas, malgré toutes les triturations mentales qu'on s'impose. Était-ce d'Alain ? De La Bruyère ?

– «L'homme n'est ni ange ni bête», marmonnai-je.

Dans ma tête, je revoyais les photos des petites filles sur les murs du laboratoire. Ces petites filles étaient les enfants des clients, nées par FIV. Ne sortait-il que des petites filles des laboratoires Vorillon ?

– Pascal ! C'est de Pascal, dis-je, soulagé.

Mais il me manquait la moitié de la citation et impossible, dans ce chantier, de remettre la main sur les *Pensées* du philosophe.

– Coucou, nous revoilou! Avouez que vous êtes heureux! claironna Catherine, en posant le couffin sur mon bureau.

– Vous n'avez pas été suivies?

– Ah, c'était donc ça! Il y avait un homme cagoulé qui marchait derrière moi avec son doberman. Je l'avais trouvé curieux.

Je haussai les épaules. Plus personne ne me prenait au sérieux.

– Vous avez déjà vu des poupées russes? demandai-je à Catherine.

– J'en avais quand j'étais petite. C'est des poupées en bois de plus en plus petites qui s'emboîtent.

– À quoi ça vous fait penser?

Catherine se mit à rire:

– À moi quand j'étais enceinte!

Je lui fis un signe d'approbation, mais j'ajoutai:

– Les poupées sont de plus en plus petites, mais elles sont strictement pareilles. Strictement.

Catherine ne relève jamais mes phrases obscures ni mes comportements bizarres. Il paraît qu'elle y passerait trop de temps.

– Vous avez fait les courses? me demanda-t-elle. Non?

Je m'étais approché du couffin. Juliette dormait. C'est comme ça que je l'aime. Mireille n'avait pas voulu mettre d'enfant au monde. Pas pour les mêmes raisons que moi. Elle n'avait pas peur des enfants. Elle en fabriquait. Mais elle avait peur du monde, de ce monde. Comment changer ce monde? Et si elle avait trouvé?

– Ça vous dit quelque chose, cette phrase: «L'homme n'est ni ange ni bête…»

Catherine qui avait pensé à faire les courses sortait les provisions de son sac à dos. Elle pointa un concombre vers moi et compléta:

– «… et le malheur veut que qui veut faire l'ange fait la bête.»

– C'est ça! m'exclamai-je. Mais, Catherine, vous avez même reçu une instruction!

Elle me menaça du concombre :

– Je vous assomme ?

*

* *

Plusieurs fois l'an, Tod m'offre les réjouissances du chien des villes en rut. Du matin au soir, une seule chose emplit sa tête obtuse de fox à poil dur : trouver la femme de sa vie. Premier obstacle à son épanouissement matrimonial : la porte. Il se plante devant elle en gémissant, puis il gratte furieusement la moquette, probablement dans l'espoir de creuser un tunnel. Tod vient ensuite vers moi, pose la patte sur mon genou, appuie sa truffe avec insistance sur ma cuisse, mordille le bas de mon pantalon, enfin s'assoit devant moi et pleure (ou peu s'en faut). Si je ne cède pas, il se roule sur mes tapis dans les poses les plus lubriques qu'il connaisse et saute sur tout ce qui pourrait ressembler à une femelle fox à poil dur : brosse à cheveux, balayette, paillasson. Dans ces moments-là, je hais mon chien. Si j'entrouvre la porte au facteur, Tod qui faisait semblant de dormir bondit et dévale les escaliers, au risque de se tuer. Je ne sais pas ce qu'il espère puisqu'il y a en bas une deuxième porte avec un bouton pour l'ouvrir, placé à une telle hauteur qu'il faudrait plusieurs fox empilés pour l'atteindre. Je récupère donc Tod et je remonte par son collier un chien dont l'arrière-train semble frappé de paralysie. Malgré tout, je dois sortir mon fox. Je fais alors la énième tentative pour lui passer une laisse. Tod commence par se sauver en bondissant joyeusement, comme s'il s'agissait d'une de mes bonnes blagues. Si j'insiste, il m'aboie dessus, et si j'insiste encore, il me montre les crocs. Un vétérinaire m'a expliqué que Tod m'a apprivoisé plutôt que je ne l'ai adopté. Je ne suis pas pour lui le «chef de meute», celui qui commande. Au mieux, je suis son copain. Au pire, c'est moi qui suis son chien. Donc, nous sortons sans laisse et je passe deux heures à battre le quartier en demandant au boucher hilare et à la charcutière compatissante s'ils n'ont pas vu mon fox. Oui, je sais, je perds beaucoup de temps à parler de mon chien. Comme si je ne voulais pas affronter ce qui s'est passé. Mais il y a tout de même une raison à ma digression : c'est que, ce jour-là, Tod était en rut et que cela changea le cours de ma vie.

– Allô ? fit une voix ensoleillée dans mon téléphone. Je suis Mireille Lepetit. Je ne sais pas si mon nom vous dit quelque chose...

– Mais si, laboratoires Vorillon ! répondis-je.

La biologiste était de passage à Paris. Elle était descendue pas très loin de chez moi, chez des amis, dans un passage qui donne sur le boulevard Diderot. Comme elle devait dîner chez le Dr Moncel, elle ne pouvait me voir que peu de temps entre 18 et 19 heures. Elle raccrocha sans m'avoir posé ni questions ni conditions. À la hâte, j'écrivis sur l'écran de mon ordinateur où j'étais et avec qui. Je pris le cran d'arrêt dans le tiroir et sifflai Tod. Je m'apprêtais à quitter l'appartement lorsqu'un soupçon me vint :

n'allais-je pas oublier quelque chose d'important ?

– Merde ! La gosse.

Elle dormait dans ma chambre à coucher. Une angoisse rétrospective me saisit : pour un peu, je l'abandonnais. Catherine me l'avait confiée jusqu'au dîner pendant qu'elle allait voir quelqu'un quelque part. Que faire ? Décommander le rendez-vous ? Je n'avais pas le numéro de téléphone. Ne pas m'y rendre ? Quelle occasion manquée ! Emmener Juliette dans son couffin ? C'était de la folie ! Donc, cinq minutes plus tard, je quittai mon appartement, ma fille à bout de bras et Tod à mes pieds. Nous montâmes dans un taxi. Je me méfiais de Mireille Lepetit, sachant ce que je savais déjà. Mais je n'avais pas le moindre pressentiment de ce qui allait m'arriver. Je me sentais légèrement handicapé par la présence de ma fille, mais mon fox et mon cran d'arrêt suffisaient à me tranquilliser. Du reste, en plein Paris, à deux pas du boulevard Diderot, il ne peut rien se passer. Parfois, je repense à ce moment dans le taxi. Je me revois avec le chien couché sur mes pieds, ma main posée sur le couffin. Et comme ces mauvais rêves qu'on essaie de rectifier, une fois éveillé, je fais s'arrêter le taxi, je descends avec ma fille, je rentre chez moi. Mais le mauvais rêve se poursuit.

– C'est au fond du passage, me dit le chauffeur. Je ne peux pas me garer plus loin. Il y a une camionnette qui gêne.

Je réglai la course, tout en entrouvrant la portière. Tod me bouscula et sauta sur le trottoir. L'amour, toujours l'amour... J'eus beau hurler son nom, vociférer «ici, au pied!», rien n'y fit. Au bout de la rue, mon fox se retourna, me regarda et jappa deux fois. C'était son «au revoir». Il disparut de ma vue. Tod reviendrait de lui-même à la maison. J'étais habitué à ses fugues. Mais je me sentis soudain très seul et lourdement chargé.

– Eh bien, bonjour! me dit Mireille gaiement. Qu'est-ce que vous avez dans ce… Oh, mais c'est votre fille !

– Vous savez que j'ai une fille ? répliquai-je en la dévisageant.

Elle ne me répondit pas et me désigna le salon où la table avait été mise pour l'apéritif.

– Vous aimez les filles, je crois ? insistai-je en déposant mon chargement. Les petites filles ? Vous êtes spécialisée dans la production des petites filles ?

Mireille se mit à rire :

– Qu'est-ce que vous me chantez ?

J'avais décidé d'attaquer sec :

– Vous faites le tri aux laboratoires Vorillon. Vous éliminez les embryons mâles. Vous n'implantez que les embryons de petites filles.

Mireille sourit et me répondit avec beaucoup de naturel :

– Les embryons de sexe féminin sont plus résistants. Ils s'accrochent mieux, donnent de meilleurs résultats en FIV. Tous les labos essaient d'avoir les meilleures statistiques possible. C'est humain ..

Elle prononçait « humaing ».

– C'est « humaing », mais c'est interdit en France, ripostai-je. Et la moindre des choses, ce serait de prévenir vos clients. Or vous ne le faites pas.

– Les gens ont tellement de préjugés, soupira Mireille. Ceux qui veulent à tout prix un enfant rêvent d'un garçon. Ils sont ravis d'avoir une fille, finalement. Surtout que les filles tombent moins souvent malades que les garçons, elles sont plus affectives, elles marchent plus tôt, elles parlent plus vite…

Elle fit un geste qui signifiait « etc. ». Les filles l'emportaient sur tous les plans.

– Bref, vous êtes tellement satisfaite du produit que vous le commercialisez, commentai-je.

Mireille versait du whisky dans les deux verres. J'étudiais chacun de ses gestes. Elle releva un sourcil pour jouer l'étonnement.

– Qu'est-ce que vous…

– « Me chantez » ? l'imitai-je, en prenant son accent. Vous clonez les embryons de vos clients et vous les vendez. À qui ?

– La recherche médicale et scientifique a besoin de ce matériau, me répondit-elle froidement. Des millions de gens en bénéficieront, peut-être vous, un jour. Il ne faut pas se laisser arrêter par des niaiseries pseudo-métaphysiques. Un embryon, c'est un tas de cellules sans âme, sans sensations. Ça ne souffre pas, ça ne pense pas, un embryon, ça ne sait même pas que c'est vivant.

Elle avouait. Tranquillement. En mettant un glaçon dans son verre.

– À votre santé, me dit-elle.

Je l'avais observée. Elle n'avait rien pu mettre dans le whisky à mon insu. Elle but une gorgée. J'en fis autant.

– Vous risquez sept ans de prison, murmurai-je. Vous et Vorillon.

Elle plissa les lèvres dans un sourire de mépris.

– Oh, Vorillon…

– Oui, c'est un crétin, approuvai-je. C'est votre façade. M. X, c'est vous.

– XX plutôt, s'amusa Mireille.

XX : comme les chromosomes de la femme. Mireille détruit les embryons masculins, clone les embryons féminins, coupe la queue des spermatozoïdes, Mireille dit que les hommes sont fous. Et moi, j'avance à découvert. Je parle, elle ne se défend pas.

– Qu'est-ce que vous faites de l'argent que vous gagnez à ce petit commerce ? demandai-je.

– Eh oui, fit-elle, la voix toujours plus chantante, vous aimeriez bien le savoir… Je m'achète des Rolls, des villas sur la Côte…

Je secouai la tête. Pauline me l'avait dit : Mireille était toujours sans le sou et l'argent ne l'intéressait pas. Mireille était une « pure ». Un monstre de pureté. Je me mis à réfléchir à voix haute :

– Vous avez besoin de cet argent. Vous ne

prendriez pas de tels risques autrement. De l'argent, vous en avez d'abord obtenu des clients du Pr Vorillon. Vous faites de faux examens, vous donnez de faux résultats. Je le sais, j'ai failli être votre victime. Vous poussez les gens à consommer de la FIV, vous les faites payer de la main à la main. Mais, de l'argent, il vous en faut encore. Vous avez trouvé le moyen de démultiplier les embryons, vous les vendez. De l'argent, encore.

Elle se tait, elle me regarde, maîtrisant de plus en plus mal son envie de me cracher la vérité à la figure.

– Je hais l'argent, me dit-elle, haletante. Je hais ce monde d'argent.

Je me revis dans le laboratoire en train de déboîter les poupées russes. Une femme qui porte une femme qui porte une femme. Ce n'étaient plus les embryons que Mireille voulait cloner, mais les adultes eux-mêmes. Pas tous les adultes.

– Le clonage, dis-je à mi-voix, c'est votre solution ? Pour éliminer l'homme...

– Cherchez l'erreur dans ce monde, c'est l'homme, me répondit Mireille, de plus en plus exaltée. Les chauffards sur les routes, les dealers qui sèment la mort, les alcooliques qui battent leur femme, les violeurs d'auto-stoppeuses, les pédophiles collectionneurs de cassettes, les assassins de vieilles dames, les bourreaux nazis ou chiliens, les dictateurs asiatiques ou africains, les monstres dont regorgent les prisons. Des hommes, toujours des hommes.

J'ouvrais et fermais la bouche, sans réponse devant cet horrible réquisitoire.

– Les snipers embusqués qui tuent en Yougoslavie, les militaires iraniens qui envoient des enfants sauter sur les mines ; les islamistes algériens qui égorgent les jeunes filles, les hommes d'affaires véreux que protègent des hommes politiques véreux, les escrocs qui vous font bouffer de la vache folle, les maffieux de Sicile, le cartel de la drogue en Colombie... Des hommes, rien que des hommes.

– Mais moi, je, moi, je...

– Vous êtes un homme comme les autres, m'assena la biologiste. En puissance, vous êtes un menteur, un voleur, un violeur et un assassin. Vous n'y pouvez rien. C'est biologique. La testostérone, l'hormone mâle, c'est en vous, c'est elle qui vous programme et qui vous donne le goût du sang et de la domination. Vous supprimez la testostérone et vous avez un autre monde.

Un monde de femmes, exclusivement, où les femmes se reproduisent à l'identique par clonage. Un monde de petites filles comme sur les murs des laboratoires Vorillon, un monde rose bonbon, sans violence et sans guerre, parce que sans assassins ni soldats. Sans hommes. Simple, mais il fallait y penser.

– Mireille, vous êtes folle…

– C'est ce monde qui est fou. Moi, je vais le changer. Avec mes éprouvettes. J'y suis presque. L'argent, c'est pour ça. Pour mes recherches. Ce qu'ils ont fait en Écosse avec Dolly, je vais le faire avec Gabrielle.

Je souris, malgré tout. Tout ça pour ça. Cloner Gabrielle ! Quelle dérision...

– Elle est malade, chuchota Mireille, brusquement effondrée.

Cette voix qui se traîne, cette voix à bout de ressource, la voix de Gabrielle.

– Je veux la cloner avant... avant qu'elle meure... C'est moi qui la mettrai au monde de nouveau !

– Mireille, vous êtes folle, répétai-je. Réveillez-vous ! Vous êtes partie dans un rêve insensé.

J'entendis alors un faible miaulement. Celle qui était en train de se réveiller, c'était Juliette. Je baissai les yeux sur le couffin. Aux premiers vrais cris, il faudra que je me penche pour prendre ma fille. Relevant les yeux, je me vis dans le grand miroir accroché au mur d'en face. Et, dans ce miroir, je vis derrière moi, les bras croisés, le voyou que mon chien avait mordu deux fois. Interceptant mon regard dans la glace, il me fit un sourire atroce et remonta les manches de sa chemise pour que je voie les traces des morsures. Puis il sortit un revolver de sa poche. Mireille parut sortir de son rêve, un peu hébétée.

– Dominique ?

– Vous lui avez tout dit ? fit Dominique.

– Il avait tout compris, répondit Mireille.

– Et s'il nous dénonce ?

– Il n'y a pas de traces. Tout est là.

Elle lui montra une disquette d'ordinateur qu'elle remit dans sa poche. C'était le fichier de ses clients, les acheteurs d'embryons.

– Et la lettre, il va nous la rendre, c'te putain d'enfoiré ? gueula soudain Dominique en m'attrapant par les cheveux et en me mettant le canon du revolver sur la tempe.

Son geste avait fait sursauter Mireille. Qui veut faire l'ange fait la bête. Elle avait voulu un monde sans violence et, pour y parvenir, elle s'était associée à la pire espèce d'homme qui soit.

– Je n'ai pas la lettre sur moi, dis-je,

m'adressant plus à Mireille qu'à Dominique.

– Toi, je vais t'éclater la tête ! T'as vu ce que m'a fait ton chien, t'as vu ?

J'avais commis une légère erreur d'appréciation sur Dominique. Il jouait un rôle, mais il ne l'avait pas appris dans une série B sur Canal Jimmy. Son répertoire, il l'avait trouvé dans *Tueurs-nés*.

– Tu t'es foutu de ma gueule, mais je te jure que tu vas regretter…

Il me cognait avec la crosse de son revolver. Ma fille s'était mise à pleurer. Elle avait faim. C'était ce qui me tétanisait. Au lieu de penser à moi, à la façon dont je pouvais m'en sortir, je pensais à elle. À ses cris.

– Dominique ! s'écria Mireille.

Mais je n'avais aucun secours à attendre de son côté. La violence la fascinait. Les yeux dilatés, elle regardait. Alors, j'enfonçai la main dans ma poche pour récupérer mon cran d'arrêt. Dominique s'aperçut de mon geste, il ricana et lâcha un grand coup sur mon crâne.

Ma dernière pensée fut pour Juliette. Je crus même prononcer le mot «biberon» avant de sombrer.

Je repris conscience par bribes. D'abord, une sensation d'étouffement. Je manque d'air. Est-ce une main sur ma bouche? Je replonge dans le néant. Tiens, il fait complètement nuit. Ai-je dormi si longtemps? Je retourne au néant. Les cloches sonnent. Non, c'est un carillon sous mon crâne. Pourquoi est-ce que je ne peux pas porter les mains à mes tempes? Qu'est-ce que ces cris de bête à côté de moi? Allez, je me rendors. Ce n'étaient que des éclipses de quelques secondes, chaque fois, mais qui avaient un goût d'éternité. Au bout de quelques minutes, je réussis à établir la vérité des faits. J'étais dans le coffre d'une voiture, un coffre assez spacieux et entièrement clos, ce qui m'avait donné l'illusion d'une nuit noire. Je fis assez vite le rapprochement entre la camionnette au stationnement gênant que m'avait signalée le chauffeur de taxi et l'endroit où j'étais désormais retenu prisonnier. C'était la camionnette qui servait au trafic d'embryons. Si je ne pouvais pas bouger les bras, c'est que mes mains étaient liées dans mon dos. Et si j'avais l'impression d'étouffer, c'était autant dû à ma claustrophobie qu'au bâillon appliqué sur ma bouche. Mes pieds aussi étaient attachés, mais de façon plus lâche. Quant aux cris qui me traversaient la tête, hélas, c'était ma fille, juste à côté de moi. L'avait-on brutalisée ? Il me sembla que ses cris étaient ceux d'un nourrisson bien portant mais affamé. Appuyant les pieds sur la tôle de la carrosserie, je parvins à gagner quelques centimètres et à toucher du front le rebord du couffin. Elle était là. Elle hurlait. C'était plus terrifiant que la nuit dans ce coffre et ma destination inconnue, plus terrifiant que la mort probable qui m'attendait. « Mais c'est elle qui a peur, pensai-je enfin. Elle appelle au secours. »

Elle avait déjà entendu le son de ma voix.

Si je lui parlais, son angoisse s'en trouverait un peu soulagée. Je me mis à frotter ma joue contre l'osier dur du couffin pour faire glisser le bâillon. J'y gagnai d'abord de m'égratigner la peau. Dans les tournants, j'étais rejeté sur le côté. Aux feux rouges, je redoublais d'efforts, cherchant autant à desserrer les liens de mes poignets qu'à arracher le foulard. J'eus la sensation désespérante, tandis que la camionnette était prise dans les embouteillages au sortir de Paris, que je me faisais souffrir inutilement. Le bâillon était certes moins largement appliqué sur ma bouche et sur mon nez, mais il appuyait de plus en plus fort sur mes lèvres. À force de frotter l'un contre l'autre mes poignets, je n'avais rien obtenu d'autre qu'une crispation musculaire dans les avant-bras. Juliette criait toujours, avec de terribles moments de suspens où elle reprenait souffle. J'émis quelques grognements comme un chien muselé pour qu'au moins elle devine une présence. «Elle va se fatiguer, pensai-je. Ou sa poitrine va éclater… » Et si ce n'est pas sa poitrine, ce sera ma tête. C'est intolérable, ces cris ! J'eus un instant envie de l'assommer. Puis je repris mon lent travail d'usure du bâillon, tressaillant de douleur chaque fois que je me piquais aux brins d'osier s'échappant du tressage. Enfin, je pus ouvrir mes lèvres et mordre dans l'épais foulard. C'était aussi agréable que de mâcher une grosse boule de coton. Pourtant, je me forçai à malaxer le bâillon entre mes mâchoires, le détrempant avec ma salive. « Dans un siècle ou deux, les fibres du tissu vont se distendre », pensai-je. Et Juliette sera morte. Ses cris avaient faibli. Elle geignait. Je commençais à redouter le moment où elle se tairait. En même temps que je me débattais contre mes liens, quelque chose en moi, une espèce d'ordinateur indépendant, continuait d'analyser la situation. Les nombreux arrêts de la camionnette signifiaient que nous étions encore en ville, sans doute en proche banlieue. Je n'avais pas longtemps perdu connaissance. Il pouvait être 19 heures, 19 heures 15. Catherine allait arriver chez moi et trouver le mot sur l'écran allumé. Allait-elle s'inquiéter tout de suite ?

Le bâillon s'était ramolli. Je le repoussai de ma bouche avec la langue et, avec force grimaces, je le fis descendre sur ma lèvre inférieure et sur mon menton. Je ne pouvais pas encore librement ouvrir et fermer les mâchoires ; aussi articulai-je un guttural « … Uliette… Uliette » qui, bien loin de rassurer ma fille, fit redémarrer les hurlements. Je frottai rageusement le foulard contre le couffin jusqu'à en être tout à fait délivré.

– Juliette, c'est moi, dis-je en essayant de couvrir les cris. C'est Nils. C'est… papa.

Ce mot m'érafla la gorge au passage et pourtant, je le répétai :

– C'est papa. C'est papa. Je sais. Tu as faim. Tu es malheureuse. Écoute-moi.

Elle hurlait. Je hurlai plus fort qu'elle :

– Écoute-moi, nom de Dieu ! Si tu gueules

comme ça, ça me rend fou ! Et c'est pas le moment !

Qu'est-ce que je pouvais faire ? Appeler à l'aide, moi aussi ? Depuis quelques instants, la voiture roulait à une vitesse régulière, celle qu'on prend sur l'autoroute. Mes appels ne seraient entendus que du conducteur. Je me souvins alors qu'en partant de chez moi, j'avais glissé un biberon au fond du couffin. Avec un peu de chance, il s'y trouvait toujours et le lait n'en avait pas été renversé. De plus en plus animal, je repoussai la couette avec le front, avec le nez, et de la bouche ou du museau, je ne savais plus trop, je cherchai le biberon. J'étais à genoux, pieds et mains liés, le dos cassé, étouffant dans la couette, quand enfin je sentis sur ma joue le froid du verre. Ouvrant les maxillaires à me les déboîter, j'attrapai le biberon avec les dents et le secouai par le capuchon pour libérer la tétine. Puis je pris la tétine elle-même entre mes dents et revins vers Juliette qui pleurait à nouveau de toutes ses forces. Comment arriver à lui glisser la tétine dans la bouche, alors que je n'avais pas l'usage de mes mains ? Peut-être en calant le biberon entre mon menton et mon épaule... Ce que je fis, au risque d'attraper le torticolis du siècle. Puis je me penchai vers la petite et, à l'aveuglette, je me mis à chercher ses lèvres, lui fourrant sans doute la tétine dans les yeux ou le nez. Il y eut enfin un moment incroyable, une seconde de silence ébloui. La tétine venait de rencontrer la bouche de Juliette. Je sentis qu'elle s'en emparait et tétait. Cela ne dura guère, juste assez pour que le bonheur entrevu rende la suite plus atroce. La camionnette fit une embardée, comme pour éviter un obstacle et je me retrouvai projeté contre la tôle. Des hurlements de frustration montèrent du couffin et je fus à mon tour secoué de sanglots de colère. Je faillis abandonner la partie à ce moment-là. Nous allions mourir, elle et moi. Je n'en pouvais plus de fatigue. Je m'entendis geindre « maman ». Mais Juliette aussi appelait sa mère, sa mère dont mon inconscience l'avait séparée. Je devais retrouver le biberon, je devais recommencer. Avait-il roulé dans la camionnette ou était-il seulement tombé dans le couffin ? Il y avait sans doute quelque chose de pathétiquement absurde à mon acharnement. À quoi bon nourrir Juliette alors que nous étions livrés à des fous ? Cependant, mon petit ordinateur de bord continuait d'analyser la situation et de m'en traduire les données : la voiture avait quitté l'autoroute. La décision semblait avoir été prise brusquement. De nouveau, il y avait des arrêts aux feux rouges et des klaxons impatients. Nous repartions dans la banlieue. Qui conduisait ? Le volet métallique qui me séparait de l'avant de la voiture m'avait tout de même permis de distinguer deux voix. Dominique et Mireille. Jusqu'à quel point étaient-ils liés ? Dominique représentait exactement ce que Mireille haïssait, la brute humaine. Mais il lui fournissait l'argent pour ses recherches. Mireille n'aurait-elle pas un sursaut d'horreur devant la bête ou de compassion pour la petite fille? Elle ne pouvait pas ne pas entendre ses cris.

– Juliette, Juliette, calme-toi, la suppliai-je, tout en cherchant le biberon dans le couffin.

Par hasard, ma joue rencontra sa joue inondée de larmes. Instinctivement, je me mis à les laper. «Mais qu'est-ce que je fais? je deviens cinglé...» L'épreuve me rendait fou. Pourtant, les cris s'apaisaient.

– Juliette, Juliette, c'est moi, Nils, papa. Je t'aime.

Comme ces mots résonnèrent! Dire «je t'aime» à une petite chose à peine née et si près de mourir.

– Il faut garder des forces, Juliette. Tu t'épuises à pleurer. Je vais te rendre à ta maman. Il faut que tu me fasses confiance.

Le silence était devenu impressionnant. Était-elle encore vivante? Je me tus, guettant son souffle. Oui, elle respirait, elle écoutait ma voix. Elle me reconnaissait.

– Je suis ton papa. On est dans un beau

merdier. Mais je suis très fort et je ne meurs jamais, c'est un principe.

La voiture avait encore ralenti. On roulait sur un mauvais pavé qui me fit penser à la rue Auguste-Farjon à Clamart. J'étais presque certain que nous allions bientôt nous arrêter. Il y avait eu une querelle à l'avant de la voiture. Une voix s'était élevée, celle de Dominique. Mais je n'avais pu distinguer ses paroles. Maintenant, tous deux se taisaient, dans l'attente du dénouement.

– Quoi qu'il se passe, Juliette, tu n'oublies pas : ton papa est très fort et il va te rendre à ta maman.

La camionnette s'était garée. Si j'avais été seul, j'aurais pu tenter le tout pour le tout à l'ouverture du hayon, m'éjecter, rouler sur le sol, appeler à l'aide. Là, je me contentai de me coucher devant le couffin, prêt à mordre comme mon chien. Peine perdue. Dominique me tira du coffre par les jambes, avec autant de délicatesse que si j'avais été un sac de patates.

J'eus le réflexe de me laisser tomber un peu sur le côté, en relevant la tête pour ne pas heurter le ciment. J'étais dans un garage.

– Prends le couffin, ordonna Dominique.

Mireille – que je ne vis pas – obéit sans doute. Quant à moi, je fus traîné sur plusieurs mètres, toujours par les jambes. Je continuai de garder la tête et les épaules relevées, mes mains se faisant broyer et déchirer sous mon poids. Pour m'achever, Dominique m'envoya rouler plusieurs marches plus bas dans une cave. La réception se fit heureusement sur de la terre battue. Je restai quelques secondes presque KO, en tout cas incapable de remettre en marche mon ordinateur.

– Donne ça, fit une voix, elle nous a assez fait chier, celle-là.

J'entendis un bruit sourd, non loin de moi, suivi de cris aigus. Dominique avait arraché le couffin des mains de Mireille et l'avait jeté dans un coin de la cave. L'horreur. La petite avait-elle été éjectée ? J'essayai de me retourner et de me redresser. La cave n'était éclairée que par l'ampoule du petit escalier. Je n'eus pas le temps de l'inspecter, car je reçus un coup de pied dans le ventre qui me plia en deux.

– Toi, tu te tiens tranquille, ordonna Dominique. Ou tu vas regretter d'être né.

Encore une réplique toute prête, trouvée au cinéma. Le problème avec ce type, c'est qu'il y avait vu beaucoup de scènes de torture. Je n'avais plus qu'un seul espoir.

– Mireille ! appelai-je. Mireille, sauvez la petite fille. C'est une fille : elle n'est coupable de rien. Mireille !

Je ne la voyais toujours pas, mais je la devinais tout près. Cependant, elle n'intervint pas et tout ce que je gagnai à réclamer son aide, ce fut une grêle de coups sur tout le corps.

– Tu vas la fermer, oui ? s'acharna Dominique. Tu n'as pas ton compte, t'en veux encore ?

Je me recroquevillai, tout en continuant d'appeler. Juliette s'était remise à pleurer assez vigoureusement, ce qui prouvait qu'elle n'était pas blessée. Elle, du moins, pouvait encore être sauvée.

– Alors, celle-là, elle va se taire et une fois pour toutes, décida Dominique.

J'entendis le bruit d'un revolver qu'on arme.

– Non ! Non ! hurlai-je. Pas ça ! Tuez-moi. Moi ! Moi !

Je m'étais assis, malgré la douleur, et enfin, j'aperçus Mireille. Elle regardait, hypnotisée.

– Mireille, réveillez-vous !

Soudain, je vis briller dans sa main droite mon cran d'arrêt.

– Allez-y ! hurlai-je. Allez-y !

Elle s'était avancée vers Dominique. Lui se retourna sans comprendre. De toutes mes forces, je criai :

– La poitrine, le cœur, visez au cœur

Elle m'obéit comme un automate. D'un geste large, vigoureux, elle planta le couteau dans la poitrine de Dominique. La mort le foudroya. Mireille s'y connaissait en anatomie.

– Attention, il va tomber sur la petite! criai-je encore.

Le corps allait s'effondrer sur le couffin. Mireille le repoussa. Sauvé! J'avais sauvé ma fille.

– Vite, Mireille, détachez-moi. Avec le cran d'arrêt.

Elle s'approcha de moi, me regarda en somnambule sans me voir vraiment. Elle avait dans une main le couteau, dans l'autre, le revolver. Elle s'éloigna vers l'escalier, en titubant, la mort dans les deux mains.

– Mireille! l'appelai-je. Mais qu'est-ce que vous faites? Revenez... La petite, sauvez-la!

Pan. Dans le garage, à côté. Un coup de revolver. Mireille n'avait pas supporté d'avoir tué. Elle nous laissait, Juliette et moi, dans cette cave isolée, en pleine nuit.

La petite, épuisée, ne pleurait plus. Je ne valais guère mieux qu'elle. Dès que je fermais les paupières, je sombrais. Et c'était là le danger. Si je me laissais aller maintenant, je n'aurais plus jamais la force de nous sauver. Je saignais de partout. Ma cage thoracique me faisait souffrir. Les coups et les chocs répétés avaient dû me fêler des côtes. J'essayai une dernière fois de défaire les liens de mes poignets, de mes jambes. Si j'avais été dans un état normal, j'y serais parvenu. Mais j'étais anéanti. Le monde entier nous avait oubliés, Juliette et moi. On allait crever, là. La tentation se faisait de plus en plus forte de fermer les yeux, de sombrer dans l'inconscience, de quitter cette rive pour une autre. Pourtant, quelque chose en moi continuait de raisonner. Il y a un soupirail dans cette cave, il doit donner sur la rue. Si je me traînais jusqu'au mur, en m'y appuyant, je pourrais me relever. Et appeler au secours. La probabilité qu'on m'entende était faible. Cet endroit était à l'écart de l'agitation urbaine. Dominique m'y avait amené pour cette raison. L'autre solution était de ramper jusqu'à l'escalier, de remonter les marches, d'aller jusqu'à Mireille, de lui reprendre le cran d'arrêt, de glisser la lame entre les cordes et les poignets… L'énumération me terrassa. « Je vais d'abord me reposer un peu, pensai-je, reprendre des forces. » Je savais très bien que c'était un mensonge, une manière de déguiser mon abandon. Mais aussi pourquoi vouloir vivre ? Les hommes ont-ils ce droit ? Ils volent, ils tuent, ils sont égoïstes et immatures. En Algérie, en Iran, qu'ils soient serbes ou hutus, les hommes tuent. Les hommes à douze losanges sont les pires. Immatures. Il faut leur couper la testostérone. Je sais que je délire. Je ne peux plus rien pour moi, ni pour Juliette.

– Sauvez-la, balbutiai-je. Mireille, Mireille… C'est une fille, une fille !

Je sombrai à demi, à demi seulement parce que la souffrance maintenait en éveil ma mauvaise conscience. J'avais de brefs réveils terrifiés. Hein ? Où ? Qui ? Je criais : « À l'aide ! » Puis je refermais les yeux en laissant couler mes larmes. J'avais des heures d'agonie devant moi. Personne ne pouvait deviner que j'étais en train de crever là, crever comme un rat. Un rat! Depuis un moment, des petits bruits me parvenaient, frottements, glissements, couinements. Des bruits de bête. Je me redressai, en poussant un cri de douleur. Il y avait un rat, non, deux rats, non loin du couffin, et leurs yeux me guettaient, craintifs et intelligents.

– Non! hurlai-je sauvagement. Non!

Je les imaginais déjà, griffant l'osier pour escalader, sautant sur la couette, plantant leurs dents dans les joues de Juliette et la saignant au cou. Assis sur la terre battue, pliant et dépliant mes jambes liées, j'avançai vers le couffin, mettant en fuite les deux rats. Mais ils reviendraient. Je devais monter la garde. Pourtant, tôt ou tard… La douleur me força à m'allonger sur le côté et malgré l'horrible combat qu'il me restait à livrer, je refermai les yeux. J'eus sans doute une nouvelle absence de quelques secondes ou quelques minutes. Un souffle humide vint m'effleurer. Les rats… Ils revenaient déjà, ils s'attaquaient à moi, en pleine face. Seule l'intensité du dégoût pouvait encore me faire rouvrir les paupières. Quelque chose de chaud et baveux passa sur mon visage tout entier. Deux yeux vifs et tendres plongeaient dans mes yeux. Tod me lécha à nouveau. Tod? Tod! Il avait ce même réflexe que j'avais eu dans la camionnette tandis que Juliette pleurait. Il léchait mes joues.

– C'est bon, arrête, marmonnai-je. Arrête…

Ma pensée s'était enfin remise en route. Tod m'avait retrouvé. Visiblement, il était seul, il avait dû passer par le soupirail pour me rejoindre. Premièrement, je n'avais plus rien à redouter des rats. Deuxièmement, j'avais maintenant avec moi quelqu'un qui était libre de ses mouvements. Bon, ce quelqu'un était un chien.

– Tod, où vas-tu?

Il venait de s'éloigner. Je le vis poser le museau sur le rebord du couffin.

– Oui, c'est Juliette, dis-je fermement. C'est mon bébé.

Et si Tod allait enfin exprimer sa vraie nature de fox, jalouse et possessive? Peut-être se réhabituait-il simplement à l'odeur du bébé? Il revint vers moi, comme s'il avait accompli une mission. Il avait peut-être vérifié que le bébé était en vie... Ce chien était tellement surprenant que je pouvais tout supposer.

– Tod, je suis attaché. Il faut que tu me détaches. Les cordes, Tod, dans mon dos. Mords dans les cordes.

J'étais un fan de Tintin quand j'étais enfant. Milou est un fox et Milou sait parfaitement ronger les cordes quand Tintin est prisonnier. Enfin, il me semble. En tout cas, Rintintin y arrive sûrement. Aucune raison donc pour que mon chien n'en fasse pas autant. Tod se remit à me lécher.

– Non, pas ça, Tod, me fâchai-je. T'es con ou quoi? Je suis attaché. Ça ne se voit pas?

– Ouah, ouah, me répondit Tod.

Il ne comprenait pas. Ce chien avait été dressé, mais pas par Rusty ni par Tintin. Si je lui disais d'aller prévenir Catherine, j'allais être abandonné aux rats pendant de longues heures. Et Tod serait-il capable de faire l'aller-retour, sur ses courtes pattes de fox? Il paraissait fatigué.

– Le couteau, murmurai-je.

Le couteau était de l'autre côté, dans le garage. Mireille avait dû le lâcher près d'elle. Près d'elle ou sous elle? Tod savait retrouver une piste, attaquer un agresseur. Rapporter un objet avait dû faire partie de son apprentissage. Mais savait-il rapporter autre chose qu'un bâton ou du gibier?

– Tod, écoute-moi. Tod, il y a mon couteau, là-bas.

J'indiquai la direction d'un faible mouvement de la tête.

– Tod, va chercher le couteau. Va chercher. Couteau.

Quels mots pouvait-il comprendre?

– Rapporte, Tod. Rapporte le couteau à ton maître.

Il m'écoutait avec l'air du plus grand intérêt, les oreilles légèrement redressées. Mais rien n'arrivait à son cerveau.

– Mais Tod, je vais mourir. Fais un effort.

Je geignais et comme les larmes, malgré moi, coulaient sur mes joues, Tod se remit à me lécher.

– Mais merde, arrête, Tod. C'est mon cran d'arrêt que je veux.

– Ouah, fit mon chien.

– «Cran d'arrêt»? Tu comprends ça? Tod, rapporte le cran d'arrêt. Là-bas. Oui, par là. L'escalier. Tod, va chercher. Cran d'arrêt.

Il frémit comme s'il allait bondir. Il tourna la tête vers l'escalier.

– Oui, va, va chercher.

Il disparut dans l'escalier. Qu'allait-il trouver de l'autre côté? Dans un dernier sursaut de volonté, je m'assis et je vis ce que j'avais évité de regarder jusque-là. Le corps de Dominique, face contre terre. Un rat était agrippé à ses cheveux, un autre fouissait le sol maculé de sang. L'assaut avait commencé. Cela me donnait une idée des réjouissances à venir. Terrorisé, je faillis rappeler mon chien pour qu'il mette ces charognards en fuite. Un gémissement, comme un miaulis de chaton, me fit baisser les yeux. La petite sortait de son sommeil épuisé. La faim la tourmentait.

– Mais qu'est-ce qu'il fout, ce putain de chien ? maugréai-je.

Je regrettai aussitôt ma grossièreté. Tod était devant moi, le cran d'arrêt ouvert en travers de la gueule. Mon fox et mon cran d'arrêt ! J'étais de nouveau invulnérable. « Tod », c'est la mort en allemand, et seule la Mort ne meurt pas.

– Donne, Tod. Pose.

Il émit un grondement comme s'il refusait de m'obéir.

– Non, Tod, ce n'est pas le moment de jouer. Pose le cran d'arrêt.

Je revis le vétérinaire en train de m'expliquer : « Votre chien ne vous reconnaît pas comme son maître. Vous êtes un partenaire à ses yeux. »

– Tod, s'il te plaît, sois sympa. Lâche le cran d'arrêt.

Il ouvrit la gueule et l'arme tomba à quelques centimètres de moi. En me trémoussant douloureusement, je parvins à la saisir et je glissai la lame sous mes liens, tout contre ma peau. Mes doigts déchirés et engourdis pouvaient à peine bouger et, pourtant, je fis le mouvement de va-et-vient nécessaire pour user les cordes. Tod s'était éloigné, trouvant mes occupations assez futiles. Il se mit en chasse des rats. Les fibres des cordes cédaient assez rapidement sous la pression de la lame. Mes bras retombèrent enfin de chaque côté comme deux branches mortes. Un long moment, je regardai stupidement mes doigts déchiquetés, mes poignets pissant le sang. Tod lécha mes mains.

– Mais t'es dégoûtant! protestai-je.

Je repris le couteau et tranchai les cordes qui entravaient mes jambes. Pourrais-je jamais me remettre sur mes pieds? Tout dépendait de ce qui était cassé. Juliette décida brusquement de me stimuler, en reprenant ses hurlements affamés. Je fouillai le couffin. Non, le biberon n'y était plus. Il devait avoir roulé dans le coffre de la camionnette. Allez, debout, Nils! Je me retrouvai d'abord à quatre pattes.

– Ouah, m'approuva Tod en me léchant la figure.

– Tu fais chier, toi. Je ne suis pas un chien!

Pourtant, j'allai à quatre pattes jusqu'au soupirail avant d'oser me redresser. L'étourdissement fut si violent que je me collai au mur pour faire corps avec la pierre. Puis, me soutenant toujours, je gagnai l'escalier, montai les marches, et enfin, titubant, j'avançai vers la camionnette. Mireille gisait sur le ciment du garage, du sang noirci sur les lèvres et dans le cou. Elle avait dû se tirer la balle en s'enfonçant le canon du revolver dans la bouche. Le coffre de la camionnette était resté ouvert et j'y vis le biberon intact. La tétine était souillée. Je l'essuyai vaguement avec ma manche. Côté hygiène, je n'étais pas irréprochable. Mais Juliette ne ferait pas la difficile.

– Tiens, bois.

Je ne crois pas qu'aucun père de famille ait jamais exulté autant que moi en donnant le biberon à sa fille. J'étais le chasseur revenant de tuer l'aurochs pour nourrir sa petite famille. C'est pourquoi je fus déçu qu'en guise de remerciement, Juliette se reprît à hurler, une fois le biberon vide. Elle réclamait le deuxième aurochs.

– Toi, grognai-je, je vais te rendre à ta maman, vite fait.

En réalité, ce n'était pas encore gagné. Le garage était fermé par un store métallique. En fouillant les poches de Dominique, je récupérai la clef de contact de la camionnette et rien d'autre. Sur le corps de Mireille, je retrouvai la disquette d'ordinateur et rien de plus. Je secouai le store sans parvenir à l'ouvrir. Il fallait que je sorte de là, et rapidement. Juliette hurlait toujours, l'odeur du sang excitait Tod et, de plus en plus souvent, un voile noir descendait sur mes yeux, me faisant craindre l'évanouissement. Je posai le couffin à l'avant de la camionnette, mais sur le sol. Je fis monter Tod sur le siège, à côté de moi, et resserrai sur lui la ceinture de sécurité. Vu ce que j'allais faire, il eût été préférable de me risquer seul. Mais j'ignorais si j'aurais encore la force de descendre de la voiture après le choc pour reprendre ma fille et mon chien.

– Les enfants, vous allez être secoués, dis-je en reculant la voiture vers le mur du fond. On s'en sort ensemble ou on se crashe ensemble.

Technique du bélier. Je lançai la camionnette dans le store. Mon chien hurla, les oreilles piteusement rabattues. Ma fille, elle, s'était tue. Le store et le capot avaient fait un joyeux bruit de tôles froissées, mais je ne pouvais pas passer. La marche arrière fonctionnait encore. Je recommençai. Crasshh !

– Ouais ! Ouais !

Nous étions passés. Je crus que le pare-brise tout étoilé allait nous tomber sur la gueule. Mais c'était du costaud. Comme moi.

– Tu as le papa le plus fort du monde, dis-je à Juliette qui protestait vigoureusement au fond de son couffin.

Nous étions rue Auguste-Farjon, à Clamart, à seulement quelques mètres de la maison où j'avais découvert le cadavre sous l'armoire. Cette rue était le QG de Dominique. Je connaissais la route qui me ramènerait chez moi. Mais il est assez difficile de conduire en posant à peine les mains sur le volant. Toutefois, j'avais promis à Juliette que je la rendrais à sa maman et je le ferais, sans l'aide de personne. J'étais ivre de fierté paternelle. J'avais sauvé ma fille.

De temps à autre, à un feu rouge, je repensais aux deux corps livrés aux rats dans un garage, à ce sillage de sang et de folie que je laissais derrière moi. L'homme n'est ni ange ni bête. L'humanité s'enfante tous les jours dans la violence, et la chasse au monde parfait se transforme immanquablement en curée. Mireille était morte d'avoir fait l'ange. Et je m'en voulais de n'avoir pas compris à temps, de n'avoir pas su lui dire…

Sur mon trottoir, il y avait un attroupement. Curieux, à trois heures du matin. Je descendis de la camionnette, ma fille dans les bras. Je plissai mes yeux de myope pour voir ce qui se passait. Encore des ennuis ? Il y avait même un car de police. J'avançai en vacillant. Tiens, Catherine est là. Elle crie mon nom. Elle accourt. Tiens, Claude Destre. M. et Mme Roque. Pauline. Aurélie. Belette. On s'amuse quand je ne suis pas là. Je vais tomber. L'enfant m'entraîne vers l'avant. Je bute. Claude me retient. Catherine m'arrache presque Juliette. Tod aboie. Mais qu'est-ce qu'ils font là, tous ?

– L'autre bras, crie Claude. Prenez-le de l'autre côté. Il glisse.

M. Roque me rattrape. Sympa de sa part. Ils me regardent tous, avec des yeux épouvantés.

– Elle n'est pas morte, elle n'est pas morte? répète Mme Roque, hystérique.

Je voudrais lui répondre: c'est ma fille, elle ne meurt pas. Mais je n'y arrive pas. J'entends Claude dire:

– Il s'évanouit.

Et cette fois, ça y est: touche off sur le Walkman. Ça fait du bien quand ça s'arrête.

Épilogue

– Je vais demander qu'on inscrive mon chien au *Livre des records*, dis-je à Catherine.

– Je vais aussi vous faire inscrire, fit Catherine rêveusement. Vous, vous battez tous les records.

Je m'abstins de demander les records de quoi. C'était sûrement désobligeant.

– Ce que Tod a fait, c'est plus fort que ces histoires de chiens qui traversent tout un pays pour retrouver leur maître, vous ne trouvez pas ?

– Votre chien est un génie, me répondit Cathy d'une voix monocorde.

Je caressai la tête de Tod qui s'était allongé sur mon lit d'hôpital. Ses yeux clignèrent, comme pour me dire : « C'est entre nous, mec. Elle ne peut pas comprendre. » Ce qui me remit en mémoire des souvenirs pénibles.

– Mireille était folle, mais les hommes sont plus fous qu'elle, remarquai-je. Les escrocs, les assassins, les violeurs, les dealers, même les chauffards, ce sont essentiellement des hommes.

J'avais repris à mon compte la litanie de Mireille. Depuis que je l'avais entendue, je me faisais l'effet d'une nuisance.

– Monsieur Hazard, fit la surveillante de l'étage, en entrant dans ma chambre, je veux bien fermer les yeux pour votre petite fille dans le couffin. Mais je ne peux pas admettre ce chien sur votre lit.

Juliette poussa alors un léger cri dans son sommeil. Je tressaillis.

– Elle a faim ? questionnai-je fébrilement. Elle a mal ?

– Mais ça va, me rassura Catherine à sa façon rugueuse. La pédiatre a dit que tout est OK.

– Monsieur Hazard, reprit la surveillante d'étage, ce chien ne doit pas rester.

Je souris à ma garde-chiourme.

– Juste cinq minutes, Hélène. Il m'a sauvé la vie. Cinq minutes.

Hélène s'éloigna en bougonnant quelque chose sur « les gens qui se croient tout permis ». Je ris et fis un clin d'œil à Catherine.

– Vous connaissez tout le personnel féminin par son prénom ? s'informa-t-elle, glaciale.

« Toujours jalouse », pensai-je, tranquillisé.

– Est-ce que vous croyez qu'un monde sans les hommes serait un monde meilleur ? la questionnai-je.

– Un monde sans les hommes, ce serait un monde sans vous ?

J'en convins d'un signe de tête. Elle parut me jauger du regard. Avec moi ? Sans moi ? Je regrettai de ne pas être au mieux de ma forme, pas rasé, blême, les cheveux en broussaille, les mains bandées et quasi immobilisé par mes deux côtes fracturées.

– Ce serait le meilleur des mondes, répondit enfin Catherine.

– C'est-à-dire ?

Elle avait quitté la chaise et s'était assise sur le bord de mon lit.

– C'est-à-dire très ennuyeux.

Elle m'embrassa puis me glissa à l'oreille :

– Mais promettez-moi une chose, chéri…

– Tout ce que vous voulez, Cathy.

– Même si on vous le demande, même si on vous en supplie, Nils, ne vous faites JAMAIS cloner. Un deuxième exemplaire mettrait la planète en danger.

Le scandale des embryons clonés fut énorme. J'appris, par les aveux de Gabrielle à la police, que les embryons des clients du laboratoire étaient clonés quatre, six, voire huit fois, avant d'être implantés ou vendus. M. Passerin ne m'avait pas dit toute la vérité. Ce n'était pas UNE chance supplémentaire d'avoir un enfant qu'on lui avait proposée, mais huit. À chaque implantation, trois embryons semblables avaient été transférés, au risque de produire des triplés identiques. Mais la nature se charge généralement d'éliminer un ou deux embryons implantés. Le chirurgien avoua de son côté que les examens des gens qui venaient consulter le Pr Vorillon étaient truqués, dans le but de les amener rapidement à la fécondation *in vitro*. Le Pr Vorillon était parfaitement au courant de ces méthodes et en tirait le plus grand profit, mais il prétendit tout ignorer du trafic d'embryons. La disquette que je remis à la police livra le nom des acheteurs. Les laboratoires pharmaceutiques étaient les plus gros consommateurs, mais d'autres centres de procréation médicale à travers le monde s'étaient aussi portés acquéreurs. Les embryons *made in* Vorillon étaient d'excellente qualité et trouvaient preneurs chez des couples stériles. Rien n'interdisait de penser qu'en Angleterre ou en Espagne était née une petite Adrienne Passerin *bis*... qui, un jour, rencontrerait son clone. La police procéda à de nombreuses arrestations et récupéra en partie le chargement de la camionnette. Dominique, sachant que je surveillais les activités des laboratoires Vorillon, avait fait des stocks importants de cuves dans le garage de la rue Auguste-Farjon. Tous les clients, dont les enfants avaient été clonés à leur insu, furent avertis. Je le fus également. Mon sperme, jugé très performant par Mireille, avait été utilisé pour féconder une certaine quantité d'ovules qui avaient ensuite été clonés. Il y avait une pleine cuve d'embryons en paillettes étiquetés Hazard ! La nouvelle m'épouvanta.

– On peut en adopter une dizaine, plaisanta Catherine. Mais au-delà, vous aurez du mal à mémoriser leurs prénoms.

Il y avait trois solutions : les stocker indéfiniment dans l'azote, les donner à des couples sans enfants (à l'exception des clones), les détruire. La décision me revenait. J'en discutai longuement avec la maman de Pauline, le Dr Moncel, venue me rendre visite à l'hôpital.

– Un embryon, demandai-je, est-ce que c'est un «tas de cellules sans âme», ou est-ce que c'est un être humain?

– C'est un être humain dans la mesure où, en se développant, il va donner un homme, et pas un singe ni un chien. Il a le patrimoine génétique de l'homme. Mais de là à prétendre que l'embryon EST un homme, non. Un embryon se congèle et se décongèle. Pas vous!

Je me résignai, la mort dans l'âme (car moi, je m'octroie une âme), à demander la destruction des embryons.

Il fut beaucoup question dans les journaux de cette impressionnante technique du clonage d'embryons mise au point par Mireille Lepetit. C'était une biologiste de génie. Elle avait trouvé le milieu de culture approprié pour que les embryons se développent assez longuement hors de l'utérus maternel, ce qui permettait de procéder à la division des cellules et à leur clonage. Les résultats de sa recherche, précieux pour la science, ne furent pas divulgués dans la presse. De même, rien ne filtra concernant les travaux de Mireille sur le clonage des adultes. Je ne pense pas qu'ils avaient abouti, ni même qu'ils étaient près d'aboutir. Mais je suis persuadé d'une chose : c'est qu'il y a d'autres scientifiques, actuellement, qui font des recherches sur le clonage humain, y compris dans les pays où la loi l'interdit. Je sais que je n'ai pas de preuves, mais je sais aussi que *« cash rules everything around me »*. S'il y a du profit à faire en clonant des hommes, on le fera – et plus tôt qu'on ne le croit. Qu'adviendra-t-il alors de ces êtres humains génétiquement semblables à d'autres et créés sans père dans des laboratoires clandestins ? Quand je pose la question à des amis, plus savants que moi, ils haussent les épaules. De la science-fiction ! me disent-ils. Mais il y a quelques semaines, Dolly aussi était de la science-fiction. Désormais, la science va plus vite que la fiction.

Gabrielle mourut deux mois après son arrestation, sans avoir obtenu cette fausse immortalité promise par Mireille : renaître dans son clone. Gabrielle avait été le maillon faible de la chaîne. Tourmentée par le remords, angoissée par l'association avec Dominique, elle avait voulu dénoncer le trafic, en essayant d'épargner la biologiste – qu'elle aimait. Elle avait d'abord laissé des traces écrites, plusieurs lettres compromettantes envoyées à des clients. Puis elle avait cherché à me contacter. Elle avait été sincère lorsqu'elle m'avait donné rendez-vous, rue Auguste-Farjon. Mais elle vivait et travaillait avec Mireille et son appel téléphonique avait été surpris. Mireille avait tout de suite prévenu le sinistre Dominique. Grâce au chirurgien qui opérait parfois à l'hôpital Pellegrin, Dominique avait pu se procurer un cadavre à la morgue de l'hôpital et l'avait transporté jusqu'à Clamart dans la non moins sinistre camionnette. But de l'opération : me faire croire que ma potentielle informatrice était morte. Mais ni Gabrielle ni moi ne nous étions découragés.

Le temps me parut long, durant ma convalescence à l'hôpital. Théoriquement, je ne devais recevoir dans ma chambre ni animal ni bébé. Catherine commettait quotidiennement une double infraction, en me rendant visite avec Tod et Juliette.

– Vous savez, dis-je ce jour-là à Cathy, j'ai démasqué mon fox. En fait, ce n'est pas un chien. C'est un extraterrestre. Il m'a retrouvé, non grâce à son flair, mais par télépathie.

– Et vous savez quoi ? me répliqua mon amie. Vous me saoulez avec votre chien.

Elle aussi, je l'ai démasquée. Elle est jalouse et possessive. En fait, c'est un fox.

– Et ma fille ? dis-je. J'ai le droit de vous parler de ma fille ?

– Oui, sauf que ce n'est pas votre fille.

– Hein ?

Tous mes soupçons se réveillèrent d'un coup. Qu'est-ce que Catherine allait me révéler ? Que je m'étais à moitié tué pour une bâtarde ?

– Non, ce n'est pas votre fille, poursuivit paisiblement Catherine. Elle ne porte pas votre nom.

– Comment ça ?

– Vous ne l'avez pas reconnue. Elle s'appelle *Juliette Doriane Roque.*

– Le con, murmurai-je à mon intention.

Catherine regarda ostensiblement sa montre.

– Vous voulez déjà partir ? protestai-je. J'ai à peine vu ma... votre fille.

On frappa alors à la porte de ma chambre. Catherine fit un demi-tour sur sa chaise :

– Entrez ! lança-t-elle à ma place.

M. et Mme Roque entrèrent, tout endimanchés, chacun tenant un paquet à la main.

Ils les posèrent sur mon lit en me souhaitant une convalescence rapide et toutes sortes de choses gentilles qui me laissèrent sans voix. Je commençais tout juste à tirer maladroitement sur les ficelles quand on frappa de nouveau à ma porte.

– Entrez ! fit Catherine.

Claude Destre s'avança, bien encadré par Pauline et Aurélie. Derrière eux, j'aperçus ma Belette. C'étaient tous ceux que Catherine avait appelés dans sa détresse et qui avaient guetté mon retour, le soir de mon enlèvement.

– Eh, mais c'est très... sympathique, bredouillai-je, un peu gêné.

Ils avaient tous un paquet à la main. La porte restée ouverte laissait entrer d'autres visiteurs, mon filleul Axel, M. et Mme Passerin, le Dr Moncel, mon vieux collègue M. Rapon, Gilbert, le concierge de la Sorbonne, et mes étudiants de première, deuxième, troisième année. Tous, tous, avec un paquet. J'avais réussi à ouvrir le premier. C'était un dalmatien en peluche. Catherine déballa le second. C'était un saint-bernard en peluche. Claude avait trouvé un Milou en latex, Pauline un fox en porcelaine. Mon lit disparut bientôt sous une avalanche de chiens. J'entendis dans le couloir gémir la surveillante de l'étage :

– Non, ce n'est pas possible, ça ! On n'a droit qu'à deux visiteurs à la fois !

– Hélène, je vous aime ! criai-je du fond de mon lit. Et je vous aime tous. Surtout mon chien.

*

* *

Dès que je fus vraiment guéri, je sentis qu'un pèlerinage à la Brasserie du Luxembourg s'imposait. J'y donnai rendez-vous à Axel et je fis la route comme il se doit, le Walkman à la ceinture et Tête à Rap martelant entre mes oreilles : *« Lâche l'areuf, c'est ma meuf. »* Le bonheur complet, d'autant que Tod trottinait à mon côté.

– Vingt minutes que je t'attends! m'accueillit Axel.

– Seulement?

– Tu es en forme, toi, remarqua mon filleul.

– Justement. Regarde-moi, Axel. Regarde-moi bien. Et dis-moi franchement: est-ce que j'ai l'air d'un type immature? Sois franc, hein...

– Immature?

– Oui.

– Ça veut dire: irresponsable?

– Heu... oui.

– Immature, c'est le mec à fuir quand on est une nana, c'est ça?

Je ne devrais pas m'embarquer dans ce genre de conversation avec mon filleul. Je le sais pourtant.

– Immature, réfléchit encore Axel. C'est pas le mot exact. Tu serais plutôt...

Le serveur arriva alors à notre table, portant en équilibre instable les deux plats qu'Axel avait commandés.

– Attention, messieurs, chaud devant! lança-t-il, en laissant presque tomber mon assiette.

– Tiens, voilà ce que t'es! s'exclama Axel.

Je regardai le steak-frites avec étonnement.

– «Chaud devant», répéta mon filleul.

J'éclatai d'un rire à peu près aussi gras que mes frites.

– Tu pourras couper ton steak tout seul? s'inquiéta Axel, se souvenant de mes pansements récents.

– Mais je ne suis pas un invalide, mon petit vieux. La preuve...

Je repoussai légèrement mon assiette et posai le coude sur la table.

– Vas-y, provoquai-je mon filleul.

– T'es naze! T'as eu les phalanges en bouillie.

– Vas-y, m'entêtai-je.

– Mais tu vas encore râler que je te bousille tes costards avec la mayo...

– Vas-y...

– Bon. Tu veux ta raclée...

Il attrapa ma main assez brutalement, puis eut un remords :

– Tu déconnes pas ? Si t'as mal, tu cries : « grâce, pitié »...

– Plutôt crever, répondis-je, les mâchoires déjà contractées.

Je ne pensais pas que j'aurais mal si vite. Mon fox s'était redressé, se demandant peut-être si j'étais attaqué.

– Couché, Tod, soufflai-je.

Mais il se mit à pousser des petits cris, en sautillant nerveusement d'une patte sur l'autre, comme s'il souhaitait participer. Dans un premier temps, la douleur m'avait fait fléchir le bras. Mais j'étais en train de regagner le terrain perdu, en m'exhortant intérieurement : « Tu ne vas pas te laisser mater. C'est un gosse. Tu as presque le double de son âge. Donc, tu es deux fois plus fort. » Nous étions à égalité et je sentais qu'Axel souffrait aussi, bien qu'il continuât de me narguer.

– Tu vas encore te péter un truc, Nils. Ta meuf t'engueulera.

Il pliait insensiblement. Je savais qu'il fallait que je gagne vite. Mes phalanges n'allaient pas tenir. Axel les broyait, sans sadisme particulier, uniquement parce qu'il voulait gagner. Tod aboyait en faisant des petits bonds sur place. « Ça passe ou ça casse ! » pensai-je, en accentuant encore ma pression. Et, à ma grande surprise, Axel céda brusquement avec un cri de douleur. Laf, dans la moutarde.

– Mais le con ! Le con ! ragea-t-il, en s'emparant de la serviette en papier.

Je me mis à rire, en me frottant les mains. J'avais mal, mais mal ! Tod lécha mes phalanges.

– J'étais avantagé, dis-je à Axel. J'avais un supporter dans les tribunes.

Mon filleul nettoyait son sweat avec l'eau de la carafe, pas vraiment l'air content. Susceptibles, les gamins.

– Tu auras ta revanche, le consolai-je. Quand tu seras un homme. Un vrai.

– Comme toi, peut-être ?

– Comme tout père de famille, répondis-je modestement.

J'avais entrepris les démarches pour faire rectifier l'état civil de ma fille. Depuis la veille, j'étais le père de *Juliette Doriane Hazard*. Immature, moi ?

Table